とってもフェロモン
★TOTTEMO PHEROMONE★
トラヴュランス　原作
村上早紀　著
志水直隆　原画
PARADIGM　NOVELS 138

登場人物

シルク　異世界から来た魔法使い。元の世界に帰る力を得るため、拓也を従者にする。

桜木《さくらぎ》拓也《たくや》　進学のため上京し、貴司の家に居候中。シルクの魔法のせいで、急にモテだす。

宮坂《みやさか》かおり　セクシーな制服のバニー居酒屋で働いている。

若林《わかばやし》あゆみ　パン屋マリーンの看板娘。沙奈とは親友同士。

松原《まつばら》沙奈《さな》　サクラギのアルバイト。店長の貴司に憧れている。

桜木《さくらぎ》貴司《たかし》　拓也の従兄。洋菓子屋サクラギを経営している。

桜木《さくらぎ》シルク　以前は異世界の魔法使いだった、貴司の奥さん。

山下《やました》久美《くみ》　和菓子屋太子堂で働く、おっとりとした女性。

第二章 あゆみ

第四章 沙奈

目次

プロローグ

あったかいミルクティをこくんと一口飲んで、息をついた時だった。

ひらり。


「……あれ?」

僕は目をしばたたいた。

(なんだ——?)

きらきらとした、金の粉……に、見えた、けど。

「ん? どうした、拓也《たくや》」

「え——」

従兄《いとこ》の貴司《たかし》兄さんが、けげんそうな顔をした。

「ミルクティ、うまくないか?」

「あ、ううん、そうじゃないんだ」

訊《き》かれてあわてて首を振った。兄さんのミルクティがまずいわけがない。

何たって兄さんはケーキ屋さんをやっていて、それにそこは喫茶店も併設されている。

おいしいケーキとお茶を求めて、女の子がいっぱいやってくるような店だ。

その兄さんが作ってくれたミルクティだ。

ミルクを使って煮出した本格的なやつで、コクがあってすごくおいしい。夕食の後、居間でのんびりしながら飲むと、本当に落ち着く。

実際、僕はすご一くのんびりしていたんだ。それまでは。

……でも。


ひらり。


「あ……まただ」

ミルクティの中に、そのきらきらしたものが落ちかけて、しかし別に表面に浮かぶわけでもなく、寸前で消えた。

なんだろう、本当に。

「どうしたんだ、拓也?」

兄さんに寄り添う形でソファに腰かけていたシルクさんも、僕の反応を見ながら、不思議そうな表情になる。

シルクさんと貴司兄さんはすごく仲のいい夫婦だから、こんなくつろいだ時間は、たいていはお互いしか目に入らないような顔で見つめ合ってたりするんだけど。僕はそういう時は、居候の身だから、おとなしく目をつぶっていたりする。

でも今日はさすがに、僕の様子が気になったみたいだ。

「いや、これがね」

またひらひらと落ちてきた切片《せっぺん》に手を伸ばす。金の破片《かけら》はまた、ふれる前に消えた。

「見えない？　なんかきらきら光ってる――これだよ」

小さなきらめきの数は、見ているうちにもどんどん増えていく。僕の伸ばした手のひらの辺りを見て、シルクさんの目が丸くなった。

「……貴司」

シルクさんが長い黒髪をひとつかき上げてから、兄さんを見た。

「うん――似てるな。これは確かに見覚えがある」

「ああ、わたしも貴司と同じコトを考えていた。しかし……まさか、そんなはずは」

え？

二人は顔を見合わせてから、同時に天井を見た。

天井……？

僕もつられるように、顔を上に向けた、瞬間。


ばりばりばりばりっ！

「うわあぁぁっ?!」

雷っていうか、張りつめた空気をとてつもない力でつんざく、ものすごい音が部屋中に響き渡った。

強烈な閃光《せんこう》。

目を閉じていてもわかるくらいに辺りが明るくなり、一瞬にして消えるはずの稲光がいつまでもその場に残ったように――いやそれ以上に、辺りが輝いて。

(いったい、なにが起こってるんだ?!)

僕が半ばパニック状態に陥っていた時に。

「これは……!」

貴司兄さんの声が不意に僕の耳に届いた。

「まさか、《転移》?――いや、ばかな……わたし以外に誰《だれ》がそんな呪《のろ》いを……!」

シルクさんが呆然《ぼうぜん》とつぶやく。

どうやら兄さんとシルクさんはなにかを知っているらしいんだと、冷静に考えられるようになったのは、もっと後の話だ。

ようやく目をうっすらと開けると、兄さんとシルクさんがただ、取《と》り憑《つ》かれたように上を見上げている。

僕もおずおずと目線を上に向けた。

「え…………」

信じられないことには――天井の真ん中あたりに、まだばりばりと放電を続けている稲光の渦があって。

そこに。


「あれは……」

僕は息を呑《の》んだ。

「なんで……女の子が――？」

激しい光に守られながら、ひとりの女の子が目を閉じ、眠るように身体《からだ》を投げ出していた。

柔らかな布の衣装、揺れる金の長い髪。どこか神話めいた光景だった。

よくよく見れば、光は何か、不思議な文字を描いているようにも見える。

だけど――。

（なんて、きれいなんだろう……）

僕は息を呑んだ。

女の子は、取り巻く激しい風に守られるように、長い睫毛《まつげ》を伏せている。

が。

風がやみ、ぐらりと、その身体が揺れた。

「危ない！」

「落ちるぞ！」

僕と兄さんは同時に叫び、僕はとっさに女の子に向かって走り、手を伸ばす。

一瞬の後。


どすんっ！


「あうっ！」

僕は情けない悲鳴を上げた。

相当の衝撃とともに、僕の腕の中に落ちてきた、女の子。

それが――すべての始まりだったんだ。


僕はともかく、女の子をソファの上に抱え上げて寝かせた。あんなに高いところから落ちてきたのに、彼女は目を覚まそうともしない。

その分、僕はゆっくり彼女の観察ができたんだけど。

近くで見ると、彼女が本当にすごくきれいだってことがわかる。それだけじゃなくて、かわいい。特に柔らかそうな唇と、きれいなラインの小さな鼻。細い顎《あご》。僕の両手で包み込めそうなくらい、きゃしゃだ。

でも。

――そうだ。

……だいたい、なんで女の子が、何もなかった空間から落ちてくるんだ？

肝心のことを忘れていた僕は、気がついて兄さんとシルクさんを見た。

と、ふたりの視線も、じっと女の子に注がれていた。

「なあシルク……きみに妹とか、いたかい？」

「いや、そんなことはない」

シルクさんが、いつもながら特徴的な、きっぱりとした口調で言い切る。

妹？

僕は気になって、ふたりに口を挟んだ。

「この子がシルクさんの妹って……なに言ってるの、兄さんもシルクさんも？　……なんなの、なにか知ってるの？」

「――あの頃《ころ》の、シルクそっくりだ」

兄さんの目が、横たわる女の子に吸いつけられる。

「本当に。自分でもそう思う」

え――？

僕はよくわからないままに、女の子をもう一度見た。輝く金髪――そしてシルクさんに目線を移す。黒い、しっとりした長髪が印象的なシルクさんだけど……。

（あ……）

確かに。よくよく見れば、顔立ち自体はすごく似ている。

だけど、どうして？

――その時。


「…………………」

小さな吐息が聞こえた。

そして、横たわっていた女の子の長い睫毛が、震える。小さな唇が開いて、揺れた。

……起きるのかな？

僕が見守る目の前で、彼女のまぶたが、ゆっくりと持ち上がる。

「………………」

まだ起ききっていない瞳《ひとみ》がとろりと揺れる。きれいな色だな、と僕はぼうっと思い――

気がつくと。

「……ぅ、むぐっ——!!」

どうなってるんだ、ホントに。

だいたい、なんで僕は彼女にキスなんかされ——キス、され、て……。

「ん、ぅっ——……」

僕はもう、なにがなんだかわからないままに、ソファに身体を起こした彼女に顔を捉《とら》えられて、深く唇を押しつけられていた。

その甘いにおいと柔らかな感触に呆然とする間に、彼女の舌が伸びてきて。

しっとりとした小さな舌が、僕の唇を割って忍び込む。

そして、甘い舌は僕の口の中をあちこち探り——舌を絡めて唾液《だえき》をすすり、確かめるみたいに歯列をなぞる。

もう、意識が途切れてしまいそうな僕の耳に、声が届いた。

「……シルク、あれは——もしかして」

「そうだ。《通意の術》だ」

……なにを言ってるんだろう、兄さんもシルクさんも。

やっぱり、この子のこと、なにか知ってるみたいで。

でも——恥ずかしいけど、僕はこれがファーストキスだった。それがこんな妙なシチュエーションで、しかもそのくせこんなに濃厚なキスで。

——ようやく彼女が唇を離した時には、僕は肩で息をしていた。

「はぁ、はぁ……」

脱力する僕とは逆に、彼女はしゃきっとソファから立ち上がった。

そして唇を拭《ぬぐ》って、ひとこと。

「突然だが、自己紹介をさせてもらう。わたしの名はシルク——こことは違う世界からやってきた、次元の旅人だ」

僕らの目が、彼女に集中した。

シルク、だって——？

シルクさんと、シルクと名乗る女の子。

……いったい、どうなってるんだ？

第一章　とんでもない話

店の自動ドアが開いた音がした。

「いらっしゃいませ！　お二人様ですか？」

第一声を発したのは、シルクだ。よく似合うエプロンドレスの制服の裾《すそ》をひるがえし、トレイを片手にさっさと新しい客を席に案内する。

「はあ……」

僕はもう何回目かわからないため息をついた。

「拓也くん？　どうしたの？」

僕のため息を聞きつけたのか、松原《まつばら》さん――沙奈《さな》っていうかわいい名前なんだけど――が首を傾げる。

松原さんは僕を拓也くん、と呼ぶけれど、別に特別な関係というわけじゃない。

このケーキショップ「サクラギ」のオーナーである貴司兄さんも僕も、同じ桜木《さくらぎ》という名字だから紛らわしいということで、下の名前で呼ばれているだけだ。

「え？　あ、うん、……いやその……シルク、すばやいなって」

「ああ」

シルクと同じユニフォームも、松原さんが着るとどこか雰囲気が違って見える。少女っぽいエプロンドレスも、少しスポーティな感じだ。

シルクは、性格はその……けっこう男らしいけど、外見は長い金髪なのもあって、なん

かとてもエレガントに見える。

でも。

「シルクちゃん、本当にこういうバイトってやったことなかったの？　接客態度も手際もいいのに」

松原さんの言葉を聞いて、また僕はため息をつきたくなった。

（この世界のこういうバイトはね）

言いかけて、でも言えずに僕は黙り込んだ。

シルクの正体をばらしたって、誰《だれ》が信じてくれるって言うんだ？

あのとんでもない顛末《てんまつ》——雷鳴と電光とともに、シルクが落っこちてきてから。
僕の人生は、全然想像もつかない方向に転がってしまった。

僕は昔、貴司兄さんに聞いたことがあった。奥さんのシルクさんって、外国人らしいけど、どこの国の人なの？って。

兄さんはずっとはっきり言わなかった。でも今回、金髪のシルクの登場で、シルクさんの正体を、僕は知ることになった。

でもそれは、簡単に信じろ、という方が難しい話だった。

「実はな」

あの時貴司兄さんは、重々しい声で僕に言った。

「――シルクは、別の世界から来た魔法使いなんだ」


……はあ？

その時、僕の顔には、クエスチョンマークが百個くらい並んでいたはずだ。

「本当なんだ、拓也」

それまで、目を覚ました『自称』シルクと、何やら会話を交わしていたシルクさんが、僕の方を振り返って言う。でもすぐにまた、熱心に話を続ける。

兄さんはふたりをじっと見て、少し考えてから僕に言った。

「ふたりの会話を、ちょっと聞いてみろ」

「え――」

言われて、耳をそばだててみる。

と。

（…………………？）

会話が。

まったく――わからない。

ふたりはしゃべっている。だけどその口から発声される言葉は、どう聞いても、とても言葉とは思えない。なんていうか、直感だけど、地球上の原語と違うなというのがわかるくらいに、かけ離れた。

でも、ふたりの間では間違いなく会話が成立してるのも、わかる。

と、言うことは。

「兄さん、あれ……」

「うん」

こくりと貴司兄さんは頷《うなず》いた。

「それに、ともかくだ。さっき、あの女の子が突然、何もないところから現れたのは見ただろう？」

「え……う、うん――」

それは否定しようもなかった。この目で見たんだから。そして彼女は言った。自分は、『次元の旅人』なのだと。

「詳しく話すから。ともかく、俺の話を聞いてくれ」

そうやって話し出した兄さんの言葉をまとめると。

もう何年も前、まだ兄さんが学生だった頃《ころ》。

今回とまったく同じように、シルクさんも突然現れたんだそうだ。

元いた世界ではシルクさんは魔法使いで、とある男にだまされ「呪《のろ》い」をかけられた。

それは、自分の意志とはまったく無関係に、一定期間を経ると次の世界に転移してしまうというものだ。

それぞれに違う法則を持つ、幾つとは数えきれないくらいの様々な世界を、点々とすることを余儀なくされたシルクさん。しかもその間は基本的に不老不死で、兄さんと出逢《であ》うまでには、かれこれ五百年が経過していた。

けれどシルクさんは、この世界で兄さんと恋に落ちた。ふとしたきっかけで呪いが解け、この世界にとどまることができた。だけどその代償として、魔法の力はなくなり、金色の髪は黒髪に変わった。

そして、今に至る——というわけらしい。


僕が兄さんの話を聞いている途中で、シルクさんと女の子も会話をやめ、やはり僕らの近くにきて話を聞いていた。

僕にシルクさんの秘密を告げ終わった兄さんが、シルクさんに尋ねる。

「で――どうなんだ。きみとこの子の関係は」

「ああ」

シルクさんがこくりと頷いた。

「どうやら、幾つもの世界を転移している間に、わたしという存在がいくつかに分裂していったと考えるのが、いちばん妥当なようだ。次元を旅するというのは、ひどく不安定なものだからな」

……。

よくわからずに僕が首を傾げると、シルクさんが苦笑混じりに説明を加えた。

「言ってみればわたしの分身のようなものだ。もっとも、相当早いうちに分かれて、そこからは別の経験をしているから――ある意味、まったく別人でもあるが」

「分身だと？」

女の子――シルクさんの説明によれば、彼女もシルクさんだ。でもそれじゃわかりづらいから、シルクと呼び捨てにすることにしよう――は不満げな顔をした。

「その言い方ではそっちが大元みたいではないか。分身はそっちだろう」

「何だと？　この世界での先輩に文句を言うのか」

「当たり前だ。わたしの方が、魔力は優れているのだからな。現にわたしは、条件さえ整えば元いた世界に戻れるのだ」

「何だと……？」

途端に、シルクさんが固まった。

「……拓也くん？　どうしたの」

気がつくと、松原さんが僕をじっと見ていた。

「あ――う、ううん、なんでもないよ！」

ついつい、シルクの件について考え込んでしまった。これじゃバイト失格だ。僕を居候させてくれてる兄さんにも悪いし、同じバイトの松原さんにも迷惑をかける。

「ごめん、ぼうっとしてたみたいだ」

僕は笑って松原さんに謝った――が。

「あっ……」

途端に、松原さんの頬《ほお》が真っ赤になった。もじもじと手を組み合わせ、僕を上目遣いに見る。

（な、なんだ……？）

僕を見る瞳《ひとみ》が潤んでる。泣いちゃいそう、というよりは、なんていうか――。

（――あ）

そうか。

僕はその時、さらに大変な状況に自分が追い込まれていることを思い出した。

自分は元の世界に戻れるのだと豪語し、シルクさんを驚かせたシルクは、今度は僕に向かって言った。

「元の世界に帰るためには、まだ魔力が足りない。そこでだ」

にっこりと、シルクが僕に笑いかけた。

「——おまえは従者となって、わたしの魔力集めの手伝いをするのだ」

…………………………はい？

……どうしてそういう話になるんだろう。さすがに僕は言った。

「なんで？　なんで僕がきみの従者に——」

「おまえはわたしに選ばれたんだ。光栄に思うがいい」

「はあ？」

訳の分からない論理に、僕は首をひねりまくる。シルクはかわいい顔でえらそうに頷きながら言った。

「ともかく、それがおまえの運命なんだ」

「じょ、冗談じゃないよ！　僕は絶対いやだからね！　……ねえ、兄さん、シルクさんも、なんとか言ってよ！」

僕はＳＯＳを出した。

だけど。

「……従者か……何もかもが懐かしい……」

兄さんは遠い目をしちゃってるし、シルクさんは、ただきょとん、としてる。

困り果てる僕には構わず、シルクは豪語した。

「何を言っている。もう《通意の術》も使ったのだぞ。おまえとわたしはなかば意識がつながったような状態だ。逃げられまい」

「《通意の術》？」

「ああ。こっちの世界では何と言ったか——そうだ、接吻《せっぷん》だな」

それから、シルクとシルクさんの説明によると。

僕にキスをすることで、シルクは僕の心とリンクしたらしい。そしてこちらの言語が理解できるようになる。さっきふたりのシルクが使っていた謎《なぞ》の言葉を、別に僕らと話す時には使わなくてよくなっているのはそのせいだ。

さらに。

シルクは続けた。

「魔力を集めるのはな、そう難しくはないんだ。この世界に魔法はないようだが、魔力は誰でも持っているものだ。魔法として使われないなら、なおのこと蓄積されている。それを手に入れればいい。ことに、若い女がいちばん強い魔力を持っている可能性が高い」

シルクは僕に、指を四本立てて見せた。

「魔力には属性というものがある。地・水・火・風の四種類だ。これは人によって、どの属性を持つかが異なる」

「……でも、どうやって手に入れるんだよ」

半分脱力しながら、半分は興味で訊《き》いてみた。

シルクはにっっっっっっっこりと笑って、軽く言った。

「性交だ」


ちょっと待て。

ちょっと、待ってよっ！


僕は反抗した。なんだって？　それは、女の子にエッチしてよ、って頼めってこと？

それってむちゃくちゃじゃないか？

そのうえ、それがそんな簡単にうまくいくわけないじゃないか！

「無理だよ、無茶だよ！　冗談じゃないよ、第一できるはずがない！」

そう言った僕に対して、奥さんのシルクさんが、しれっと言った。

「いや——そうでもないぞ。女の方から拓也に興味を持つようにすればよいのだろう？　だったら、拓也に《魅了の術》をかければいい」

「ああ、なるほど！　いいことを言う。さすがわたしと元同じ人間だったことはあるな」


え？


……え？

ええええええええーーーーーーーーーっ?!


困ったことに、話はすぐにまとまって。

そしてシルクとシルクさんが、魅了の術、とやらを僕にかけた。そして今もかかっている、らしいんだ。平たく言うと、僕がものすごいフェロモン体質になってるってことだ。

だから。

「あの、松原さん——」

「あたし、あっちのテーブル拭《ふ》いてくるっ！」

僕が何を言う間もなく、松原さんは真っ赤な顔のまま、走るように僕から逃げてしまった。

「ふぅ……」

ため息をつく。

――まったく、ふたりのシルクの魔法の力は、たいしたものだってことだ。

と、そこへ。

また自動ドアが開いて、お客さんが入ってきた。

「いらっしゃいませ」

気を取り直して僕はお客さんに明るい声をかける。

「こんにちは」

ほわん、という柔らかな声の響き。顔を見ると、僕よりは年上の、和服を着たおっとりした女性。

「あ……山下《やました》さん」

なんだかテンポをずらされて、僕は間抜けな返事を返す。

このひとは山下久美《くみ》さんといって、ここの常連さんのひとりだ。ケーキショップ「サクラギ」は名店街の中にあるんだけど、同じく名店街の一軒である和菓子の「太子堂」で働いている。だから着ている和服も制服だ。

「桜木さん、いらっしゃるかしら？」

「……ちょっと、山下さん？」

つかつかつか、と歩み寄ってきたのは、向こうのテーブルを拭いていたはずの松原さんだった。

「店長は忙しいんです。ご用は私が承りますけど？」

ぎろ、とキツイ目で久美さんをにらみ返す。

「あらそう？　残念ねえ」

久美さんはたいして動じた様子もなく、へろんと答えた。

実は、こんなやり取りは今日が初めてじゃない。どうやら兄さん目当ての久美さんに対して、松原さんは必ず硬い態度で食ってかかる。

そんな時、僕はふっと思う。松原さん、もしかして兄さんを……？って。

と。

「あら？　あらあら？」

耳元で声がした。

「はっ?!」

気がつくと、僕のすぐ横で、久美さんがにっこりと笑ってる。

「――拓也くん、だったわよね？　あなた、少し、変わった？」

やばい。

「え……あ、いや、き、気のせい、でしょう？」

潤んだ瞳でじーーーっと見られて、僕は顔をひきつらせた。

これは……魅了の術の力に違いない。

すぐさま、手を握られる。

「よかったら、お茶ご一緒していただけません？　それとも、わたしのお店で日本茶でもかまわなくてよ？」

「い、いやその、仕事中ですから……」

そう、さっきの松原さんの反応なんて、まだましな方だった。

ゆうべ術をかけられたものの、当然かけたシルクたちには効果はないから、その日はよくわからなかった。

でも――今朝は。

貴司兄さんの家からここに来るまで、実に普段の五倍の時間がかかっちゃったんだよね。

道を通る女の子女の子、みんな久美さんみたいに自分から迫ってくるわけで、ひどい場合はえんえん追っかけられて、まくのに死ぬ思いをして、ここに着いた時には息が切れていたっけ。

「ねえ、拓也くん……」

「山下さんっ！」

僕に迫る久美さんを、また松原さんが一喝した。

「ここ、どうぞ！　お茶飲むなら、こちらで、お・ひ・と・り・で！　どうぞっ！」

メニューとお水をばん、とテーブルに置く。

「す、すいません。ともかく仕事中なので、あちらにお席もご用意してありますし……」

僕もあせりながら頭を下げる。

「まあ……残念ねえ。今度必ずご一緒しましょう？」

言いながら、久美さんはようやく松原さんが示した席についた。


……はあ。

今日、もう何回目だか、何十回目だかわからない吐息が漏れる。

まったく、それもこれもシルクのせいなんだからな。

「ありがとうございました。またご来店くださいませ」

そのシルクは、僕の気持ちなんて知らないように、手際よく一組の客を送り出したところだった。

だいたい、基本はあんなに高飛車なのに、こういう仕事をやらせてみれば、腰が低いし丁寧で、愛想もいい。

（普段からこうならいいのになあ……）

だったら僕のことを、勝手に「従者」なんて決めつけることもしないだろうし。

と、そこへ。

「沙ー奈ーちゃんっ！　……あれ？」

「いらっしゃいませ、お一人様ですか？」

迎え入れたシルクを見て、きょとん、と目を見開いた女の子。

やっぱりこの店の常連で、松原さんの同級生だという、若林《わかばやし》あゆみちゃんだ。

「……ガイジンさん？」

首をかしげるたびに、頭の横で二つにわけて結んだ髪が揺れる。シルクを見る顔がちっちゃなウサギみたいだ。

「ああ、あゆみ」

あゆみちゃんの姿を認めて、松原さんが近づいていった。

「今日からここでバイトすることになった、シルクちゃんよ。シルクちゃん、こっちはあたしの同級生でね、若林あゆみっていうの」

「よろしくな、あゆみ」

いつものシルク口調に戻って言う。

「えへへっ、こちらこそよろしくっ」

あゆみちゃんは嬉《うれ》しそうに笑った。

「シルクちゃん？　……キレイねえ、すごく！」

「そうか？　ありがとう」

まんざらでもなさそうにシルクが答える。

「金髪がさらさらで、お肌もつるつるでふわふわ！　こんなにキレイだったら、シルクちゃんっていっぱいモテるよねえ……」

「何言ってるの、あゆみってば」

松原さんがあゆみちゃんをこづく。

「あんたはカレシがいるんだから、ぜいたく言わなくていいでしょう？」

「う……うん――そうなんだけどね……」

松原さんに言われて、あゆみちゃんは照れたように笑った。

（ん？）

ふと、シルクが眉《まゆ》を上げたように見えた。でもシルクはすぐ笑顔に戻った。

（なんだったんだ――？）

ちょっと気になるけど……。

「じゃあ、こちらにどうぞ」

口調も接客業用に戻して、あゆみちゃんを案内する。僕もすれ違いざまに、あゆみちゃんに会釈した——が。

「あ……拓也、くん……？」

あゆみちゃんの僕を見る目が、見る見るうちにうっとりと潤んだ。

（やばいっ！）

あわてて逃げ出すようにして、僕は店の入り口の辺りに移動する。

（ふう、危なかった……）

とりあえず、息をつく。

だいたいこの店は、兄さんがすごくモテるからなんだろう。女性の常連さんがすっごく多いんだ。

もっとも、それを聞いたシルクは大喜びだった。若い女性が多く来る場所なら、必要としている魔力も早く集まるだろうというのだ。だから、その中でも必要な魔力を多く持つ女性を見極めるためにも、バイトを手伝いたいとシルクから言い出した。

（今日一日……じゃないや、魔力が集まるまで、ずっとこんななの？　僕）

ため息が出たけど、もう数えるのもイヤになっていた。

「そろそろ、お店を閉める準備、始めましょうか」

松原さんが言った。時計を見ると、確かにもうすぐ閉店時間だ。

「おう。みんなお疲れさま」

奥の厨房《ちゅうぼう》から兄さんも出てきて、僕らをねぎらう。

が、そこに、がーっ、という低い自動ドアの音がして、お客さんがひとり入ってきた。

「ごめんなさい、まだいいかしら？」

「え――あ、いらっしゃいませ！」

見るとそこには、これまた常連の、宮坂《みやさか》かおりさんが立っていた。腰まで届くロングヘアが印象的だ。

「すいません、もう喫茶は……」

「ううん、ケーキだけいただこうと思って」

「でしたら大丈夫ですよ」

「そう？　よかった。じゃあこのアップルパイと、ガトーフレーズと……」

松原さんが微笑《ほほえ》んでかおりさんのオーダーを受ける。

「あら……こちらは？」

ケーキが包み終わるのを待っていたかおりさんが、シルクを認めて首を傾げた。

「ああ、今日からバイトに入ったシルクちゃん。店長の奥様のいとこなんですって」

「そう。よろしくね」

「こちらこそ」

シルクが軽く会釈で答える。そのまま、かおりさんの顔に見入った。

「ほぉ――」

そして、僕をちょいちょい、と指先で呼ぶ。

(なんだよ、シルク)

小声で訊《たず》ねると、シルクがにんまりと笑って、そのまま近寄った僕の背をどん！と押した。

「うわわっ?!」

「きゃっ！」

全然予想もしてなかったシルクの行動に、僕は勢いあまってかおりさんに思いきり激突してしまった。

「わ、わわっ、す――すいません、ごめんなさいっ！」

よろけて座り込んだかおりさんの手を握って、引き上げる。

「だ、大丈夫ですかっ?!」

「ん……へ、平気よ――あっ……！」

僕が覗《のぞ》き込むと、突然、かおりさんの表情が、変わった。

「あ……れ？　拓也クン、よ、ねえ？」

「そう――ですけど」

ぽうっ、と頬が朱に染まる。つかまっていた僕の手に、もう片手を添えて、ぎゅっと思いきり握りしめてきた。

「ねえ、よかったら、これからウチのお店に来ない？　――ううん、来てっ！」

「え、えええっ？」

とまどう僕に、シルクがすすっと近寄って耳打ちする。

（チャンスだ。行ってこい、拓也）

（ええっ?!　じゃ、じゃあ……）

（ああ。この女、相当強い魔力を持っているぞ）

（でも――）

（いいから！）

シルクは僕の手に、かおりさんが注文したケーキを持たせた。

「すいません。ぶつかったお詫《わ》びに、お代はいいですから、どうぞ。ついでに拓也も連れていっちゃってください。ていねいに謝らせます」

「あ――おい」

「シルク、何言ってるの？」

顔色を変える兄さんと松原さんをしり目に、シルクは僕とかおりさんの背をぐいぐいと押して、店の入り口から押し出した。

（うまくやれよ、拓也！）

最後にひとこと、僕の耳に言い残して――。


「あ……」

僕はどうしようもなく、かおりさんを見つめた。かおりさんも呆然《ぼうぜん》としている。でも、その目がまたうっとりと僕を見て、微笑んだ。

「ちょうどいいわ。お言葉に甘えちゃお？　もうお仕事終わりなんでしょ、拓也クン」

「あ――え、ええ……」

「じゃあ、いらっしゃい」

そのままかおりさんに引きずられるようにして、僕は名店街の奥へと入っていった。


（話には聞いていたけど……）

かおりさんの店に初めて入った僕は、相当緊張していた。名店街の中でも、いちばん奥まった場所にある居酒屋「キャロット」。

これだけ聞くと普通の店っぽい。でも――実はここ、「バニー居酒屋」っていう。

そんな居酒屋があるって、僕は上京して初めて聞いたんだけど、中に入って納得した。

中にバニーガール姿の女の子が何人も働いていたからだ。

(う、わぁ……)

「あらぁ、坊や。いらっしゃい」

そのうちのひとりに、にっこり笑われて、頭を撫《な》でられる。

「ご指名は？　あたしじゃダメかしら？」

「あ——え、えっと、その、かおりさんに……」

「え？　かおりなの？　ざんねーん」

「そうよ。あたしの拓也クン、取っちゃだ・め」

バニーの姿に着替えて奥から出てきたかおりさんが、同僚の女性に色っぽくウィンクする。これもフェロモンの力なんだとわかってるけど、どきっ、と僕の心臓が鳴った。

「じゃあこっち、来て」

手を取って、ちょっと個室っぽくなった一角に導かれる。かおりさんの手が、熱い。

「今、水割り作るわね」

「え……でも」

「いいから。飲むでしょ？　ここはお酒を飲んで楽しくなる場所よ」

「あ……は、はい……」

年上の力なのか、かおりさんは優しい声音だけど、有無を言わせない。僕は言われるままに、かおりさんの作ってくれた水割りをもらった。

「乾杯しましょ？」

「は、はい。乾杯」

言われるままにグラスのふちを触れ合わせる。こくり、と飲むと、ウィスキーはどうも苦い。

「薄く作ったけど、まだ濃かったかしら？」

「い、いいえっ、大丈夫ですっ！」

何だか子供だと思われている気がして、ムキになってごくん、と一気に飲み干した。

「はふ……」

「あら。意外と強いのかしら？」

にっこりとルージュの濃い唇で笑んで、かおりさんはもう一杯水割りを作る。そして、僕にそれを渡すときに、両手で僕の手を包む。

「……ねえ、拓也クン。あたしの部屋、来ない？」

「え、あ、……でも」

この誘いは——。

(うまくやれよ、拓也！)

シルクの声が耳元でこだまする。

そうだ——そうしなくちゃいけないんだと、わかってる。かおりさんの魔力を得るためなんだ。っていうか、そのために僕は今、強烈なフェロモン体質にさせられてるわけで。

でも——。

かおりさんの近くで、大人の雰囲気に触れて、どきどきしている自分がいる。

でもそうやって、魔法の力を借りてまで、無理矢理誰かと関係を持つことに対して納得できない気持ちを持つ自分も、いる。

男なんだし、据《す》え膳《ぜん》食わぬは……みたいな言葉もあるし。

だけど、僕はどうにも割り切れず——。

「……拓也クン？」

「え？　あ——えっと、その、と、トイレ！」

どうしていいかわからずに、僕はとりあえずその場を逃げ出した。


「ふーっ」

トイレのドアを閉めて、まずは大きく息を吐き出す。

なんというか、情けないやら恥ずかしいやら。僕は相当混乱していた。

（……ねえ、拓也クン。あたしの部屋、来ない？）

かおりさん——。

僕はかおりさんが嫌いじゃない。っていうか、好きとか嫌いほど彼女のことを知らない。

でも——あんなにあでやかで、華やかな年上のお姉さんと、僕が。

その————……。

(あぅ)

健全な青少年だから、やっぱりその、考えちゃうとムスコは反応するわけで。

(どうしよう……)

誰もいないことを幸い、ぼーっと考えていたら。


がばっ!


「あわっ!」

後ろからいきなり誰かに抱きつかれて、僕は大声を上げた。

「しーっ、拓也クン、あたし!」

「え?」

あわてて顔を半分後ろに向けた。

「かおりさん?!」

かおりさんは、僕の胸にすがりつくように顔を伏せた。

「拓也クン……あたし、ガマンできなくなってきちゃった」

「はい？　……え、ええっ?!」

　かおりさんが頬を染めて、僕を見上げる。熱っぽい目が揺れて、僕は息を呑《の》んだ。

「こっち、来て」

「あ……」

　かおりさんに手を引かれ、狭い個室に押し込められる。かおりさんが後ろ手に鍵《かぎ》をかけた。

「ごめん……でも、どうしても、あたし――……」

「か、かおりさん……」

　魅了の術のせいなんだとはわかっている。だけど、かおりさんを閉め出せるほど、僕は強くなかった。

「拓也クン、座って？　あたしが……してあげるから」

　僕の肩を軽く押して便座に座らせ、かおりさんはジーンズのファスナーに手をかけた。

「え、ちょっと待っ……」

僕の言葉にも聞く耳持たず、かおりさんは僕のモノを引き出して、その唇に含んだ。

「あむっ……」

「ぅ、あ……！」

ぞくん、と背筋に何かが走った。

「ん、む……くちゅ……ぁむっ――」

かおりさんの舌が、敏感な横のラインをなぞり上げ、派手なルージュの唇がくびれをさすって動く。

（うわぁ……）

「ふ…ぅ、む……んっ、あむ、んっ……ちゅぷ……」

僕の膝《ひざ》の間に割り込むようにして座った、バニーさんの耳が揺れる。時折かおりさんは、せつない瞳で僕を見上げて、僕の心臓はそのたびに狂ったように速くなる。

「んっ、……ぅ、むむ……んちゅっ――」

柔らかい粘膜が包み込む感触。あたたかさと巧みな愛撫《あいぶ》に誘われて、僕のモノはあっという間に天を向いてそそり立っていた。

「んっ……うれしい、拓也クン……おっきく、なってる……んンっ……」

僕の先走りと唾液《だえき》で濡れた唇が、また嬉しそうに僕自身を咥《くわ》え直しては、やさしく、強くしゃぶってくる。

浮かせた。

「かっ、……かおりさん、ちょっと待って、僕、その、……」

ずきん、と甘く疼《うず》くような快感がせめ上ってきて、僕はかおりさんから逃げようと腰を浮かせた。

「あむ……んっ、ちゅ……」

「ダメだって、その――出ちゃうから、待ってっ！」

「え……いいのに」

かおりさんは、残念そうに僕のモノから唇をはずすと、しなやかな指で濡れた唇を拭《ぬぐ》った。その淫靡《いんび》な動きに、空気にさらされた僕のムスコが、ぴくりと震える。

それを見ていたかおりさんが、小さく笑った。

「じゃあ、あたしも――よくしてくれる？」

言いながら、かおりさんは壁に手をついて、こちらに腰を突き出すように立った。

「お願い……あたしも、もう……拓也クンの、しゃぶってるだけで――」

かおりさんが、バニースーツの股間《こかん》の布を手でずらした。ふわっとしたバニーのしっぽが動いて、網タイツの向こうに薄桃色のかおりさんの花びらが顔を出す。

「かおりさん……」

僕はごくりと唾を呑んだ。

「本当はお店の衣装だから、汚しちゃいけないんだけど……もう、限界なの。だからお願い——タイツ、破っちゃってもいいから……激しく、して」

かおりさんは、自分の手で、バニースーツの胸元を引き下げた。真っ白な大きな乳房が転がり出て、その突端が濃いピンクに勃起《ぼっき》して震えているのを見たとき、僕の中にどうしようもない衝動がこみ上げてきた。

張った腰から流れるような脚のラインを包み込んでいる網タイツに手をかけ、力を入れる。ばりっ、という音とともに、僕の手の下でタイツがやぶけて、あちこちからぬめるような素肌があらわになる。

なんとも——なまめかしい光景だった。

「拓也クン、ねえ、来て……」

かおりさんが、ゆっくりと身体《からだ》の向きを変えた。壁に背中をつけて、片足を上げるように僕を呼ぶ。花びらの奥から、ぐちゅり、とひと滴、蜜《みつ》があふれ出た。

「ここ……ね、入れて——……」

かおりさんは、自分の花びらに手を添えて、ゆっくりと入り口を開いて見せた。泡だった愛液が、細い指に絡まりつく。

「うん……ここだね——」

「そう、ここよ……」

かおりさんの導く指に合わせるように、僕は自分のモノの先端をかおりさんの中心に押し当てた。

「んんっ……」

にゅる、という感覚とともに、破れた網タイツを分けて、ペニスが埋まっていく。

「あぁ……んっ、入って、くる……」

かおりさんが背をそらした。僕のモノが入りやすいよう、かおりさんはバニースーツを持ち上げて僕を招く。ひくん、と秘肉が震えて、僕のモノもつられてどくりと脈を打った。

「んっ、あ……拓也クン、の、が……いっぱい――……あんっ……」

ぐい、と進めると、かおりさんが細い声を上げて腰を揺らす。そのまま僕のモノを最奥まで呑み込んで、かおりさんはぺろり、と唇を舐《な》めた。

「あふ……んっ、あン、ぅ……あァ……拓也クン……」

かおりさんが腰をくねらせるたびに、バニースーツからこぼれ出た大きな乳房が揺れて僕の目を射る。僕はたまらなくなって、そこに手を伸ばした。

「あぁっ――……!」

かおりさんのオッパイは、僕の手の中ではどうにも収まりきらないほどの大きさと弾力があった。

「んっ、あ――胸、そんな……あン、感じる……」

指の間から硬くなった乳首がはみ出して、さらにぴくぴくと揺れる。

KAORI

「あンッ、あ、ぅ……もっと――もっと、来てぇ……」

かおりさんはせつなげな声を出して、いっそう腰を開いて僕を招く。僕はもう何も考えられず、かおりさんにせがまれるままに抽挿《ちゅうそう》を続けた。

「あひいっ――――!」

かおりさんの声が裏返った。激しいピストンに、紅《あか》いハイヒールが上げた片足の先で脱げそうになるのが、ひどくエロティックだ。

「あぁっ、だめ、あたし……すぐ、いっちゃいそう……」

かおりさんがとろんとした目で僕を見る。甘い声がこぼれてくる唇。突くたびに、ラブジュースを内ももまで滴らせる秘裂。

「拓也クン、奥……お願い、もっと、突いて――」

「うん……」

僕はかおりさんのヒップを抱えるようにして、かちかちになったペニスを深く押し入れては奥をこじった。

「あぁっ、やっ、だ――だめっ、あ、あたる……!」

ひくひく、と細かい痙攣《けいれん》がかおりさんの奥から生まれてきて、僕は必死に射精感をやり過ごして、かおりさんの中を埋めては抜き、抜きかけては奥へと腰を進めてえぐる。

「やんっ、あ――あぁぁっ、い、いく、いっちゃぅぅっ……!」

かおりさんが泣きそうな声で全身を硬直させた。熱くてうねる蜜壁の感覚に、頭の芯《しん》がとろけそうになる。

「あぁ、だ、だめ……ンッ、んぁっ――あぁぁあっ、い、いっちゃ――……！」

どろどろに溢《あふ》れる愛液の泉を突きまくると、内壁の痙攣がもっと激しくなる。

「い、いくぅっ、あぁぁあっつっつっ――・・・・!!」

かおりさんが一瞬、息を大きく呑み込んで。

次の瞬間、泣き声みたいな悲鳴を上げた。秘肉がきゅっ、と収縮し、細かく何度も揺れて、僕はどうにも辛抱できずにかおりさんに告げた。

「ぼくも――だ、ダメだ……！」

「拓也クン、拓也クン、ひぃいっ、あぁ――んっ、あぁあぁぁあっつっ！」

泣き叫ぶかおりさんの身体を抱きしめるようにして、僕もまた絶頂に押され、欲望をかおりさんの中に思いきり吐き出した。


結局コトの後で、僕はすぐに、かおりさんのお店を逃げるように飛び出した。

あんまり顔を合わせたくなくて、こっそりと家に戻ったつもりだった。ありがたいことに、兄さんとシルクさんはふたりの寝室にいるようで、居間に人影はない。

でも。

「でかしたぞ、拓也！」

間借りしている自分の部屋に入った途端、シルクに背中をどやされた。

「し、シルク……」

貴司兄さんのマンションには、さすがにもう部屋は余っていなくて、僕とシルクは同じ部屋暮らしだ。シルクに言わせれば、『従者なんだからご主人様のそばにいて当たり前だろう！』らしいんだけど。

「相手の女が絶頂に達すると、おまえに魔力がたまることになっているんだ。よくやった、これで帰れる日が一歩近づいたぞ！」

「は、はぁ……そうだったんだ……」

「すごいな。あの女、相当感じていたものな」

「え……？」

シルクは軽く笑った。

「おまえには《通意の術》を施してある。だいたいのことは、察することができるんだ」

言われて、途端に恥ずかしくなった。

あの、かおりさんとの行為を全部見られていたような気がして——どうにも落ち着かない。何だか少し、気分が悪かった。

と、シルクが自分の胸に両手をあてて、目を伏せた。急に神妙な雰囲気が漂う。

「あの女――そう、かおりと言ったか……彼女が宿していた魔力は『土』……『土』の魔力は安定と寛容、それに母性を象徴している――」

僕はきょとん、とシルクの顔を見た。

安定、寛容、母性。

なんだか、ぴんとこない。

「……あんまりかおりさんっぽくないけど、それ」

紅いルージュに華やかなバニーのコスチューム。年上の、経験豊かな女性らしい、僕をリードするセックス……遊び慣れた、都会の女、って感じだ。

「でも、それがかおりの真実だ。つまりは、今のかおりの姿は、彼女本来の姿ではないということになるな」

「そうかなぁ……」

よく、わからなかった。

シルクは喜んでいたけれど、僕はなんだか朝からずっと女の子たちに追いかけ回されたうえに、かおりさんとあんなことになって、ぐったり疲れていた。

そのまま、適当にシャワーを浴びて、何か作業をしているシルクはそのままに、僕はすぐ眠った。

そしてあまりに深く眠ったからなのか、ふと、目が覚めた。まだ、夜中のうちに。

いや――起きたのは、もしかしたら、部屋に低く流れていた声のせいだったのかもしれない。

「…………ぅ――…………」

(ん……？)

真っ暗闇《まくらやみ》の中、僕は身を起こした。低く、細い声は続いている。

ようやくそれが、ベッドの上から流れていることに僕は気づいた。

(シルク――……？)

昨日からベッドはシルクに譲り渡して、僕は床で寝ている。闇に目が慣れてきた頃、立ち上がって、僕はベッドのシルクに近づいた。

「…………っ、――……ぅ、ぅ…………」

ごく近くまで近づく。声がするのに、シルクが動く気配はない。

(寝言かな……？)

何気なくシルクの肩に触れた瞬間、だった。

(ぁあっ――……！)

びくん、と、小さな電流が走るようなショックが僕の中を突き抜けた。

そして直後に訪れる、胸の鈍い痛み。締めつけられるような、苦しさ。

（これ、は……）

シルクは眠っていた。眠りながら、泣いていた。

シルクに触れた僕の指先から、何かが流れ込んでくる。もしかしたらそれは、《通意の術》によって結ばれていたからだと思い当たったのは、ずいぶん後のことだった。

その時は、もう。

ただ純粋な『哀《かな》しみ』というものに、僕の全身は支配されていた。

細かいことまではよくわからなかった。ただ、その哀しみが、長い長い孤独のさみしさとつらさからできあがっていることは、わかった。

（シルク……）

そういえば、五百年もずっとシルクは漂流の旅に出ていたのだと、言っていたっけ。

それがこの、痛いほどの孤独感なんだろうか。

さらにじっと探ると、その孤独の哀しみの中にかすかな灯《あか》りを感じた。

（——カエリタイ）

（帰り、たい）

それは、パンドラの箱の中に最後に残っていた希望にも似た、帰還への切望。

「……シルク」

僕はごくごく小さく、シルクの名を呼んだ。

強引に従者にさせられ、へんな術をかけられて無理矢理女の子と関係させられ——とんでもないことになったと、僕は困惑し、幾分むかついてもいた。

でも——。

「…………」

僕はゆっくりと、シルクの肩先から指をはずした。そっと、自分の指を撫でる。

傷など負っていないのに、シルクの心の痛みが、いつまでもそこに残っているような気がした。

第二章　嘘と本当

バイト用のウェイター服に着替えて店に出る。今日は大学の授業を入れてない日だから、早めに来たんだけど。

と、なんだかちょっと店の雰囲気がいつもと違うことに気づいた。

「あ、おはよう、拓也くん」

松原さんだ。

「おはよう。……あれ、松原さん、学校は？」

「ん？　ああ、定期テストの最終日だから早く終わったの」

「そう――あのさ。……なんか今日、ちょっとお店の感じが違わない？」

「あ……」

そこで松原さんはにこっ、と微笑《ほほえ》んだ。

「わかる？」

とそこへ、奥から焼けたばかりのケーキのトレイを持って、貴司兄さんがやってきた。

「チョコレートシフォン、焼けたぞ」

「はい、店長」

すかさず松原さんが受け取って、ディスプレイケースの中に並べ始める。もう松原さんはバイトに入って長いから、こういうことは手慣れたものだ。

「おや」

貴司兄さんが、店の中を見回した。

「……もしかして、テーブルの並び、少し変えたか」

そういうことだったのか、と僕はようやく納得した。さすがに自分のお店だからか、兄さんには一発でわかったみたいだ。

「はい」

ちょっと緊張した顔で、松原さんが頷《うなず》いた。

「……その方が通りやすいのと、お店の中が広く見えるように思ったので。——いけなかったでしょうか」

松原さんがそっと貴司兄さんの顔を、窺《うかが》う。

「——いや」

兄さんは、にこっと笑った。

「こっちの方がいい。よく気がついたな、松原」

「……はい！」

兄さんに言われて、松原さんの顔がぱあっと明るくなる。

「松原が、いろいろ細かくこの店の面倒をみてくれるから、俺は助かるよ」

続けて兄さんが言って——松原さんの顔が、きれいに上気した。

「いえ、あの……そういうこと考えるの、好きなんです。だから……お役に立てて、うれしいです」

はにかむように微笑む。

僕はそれを見て、やっぱり――松原さんは貴司兄さんが好きなんだと思う。

（シルクさん、いるのにな……）

もちろんそれは、松原さんも知っていることだ。貴司兄さんには奥さんがいる。しかもとんでもなくべたべたアツアツだ。

だからなのか――じっと松原さんを見ていると、兄さんを追っていた視線が揺らいで、笑顔が少し沈むときがある。

基本的に松原さんは明るい。話をしていても、表情を見ていても。なにより、元気だ。

そんな松原さんが沈むほどに、きっと……。

口に出したらいけないと思っているんだろう。だって、奥さんのいる人だから。

「ありがとう。じゃあ、頼むな」

兄さんはもう一度松原さんにお礼を言って、また厨房《ちゅうぼう》に引っ込んでいった。

「はい！」

松原さんが返事をして、兄さんに頭を下げる。もう兄さんの姿が見えないのに、その姿勢のままで。

「……松原さん」

僕は声をかけた。

「え？」

松原さんは驚いた顔で僕を見た。僕はふっと思う。兄さんがそばにいると、松原さんの意識はきっと、僕には――。

僕は小さく笑った。

「――えらいね、松原さん」

「あ……そ、そんなことないよ」

松原さんは、覗《のぞ》き込んだ僕の顔から目をそらした。その頬《ほお》が赤い。でもその理由は、僕が好きなわけじゃなくて、魅了の術の力なんだって僕はわかっていた。

たいていの女の子は、このフェロモンに吸い寄せられるように迫ってくるんだけど、松原さんだけは違う。困ったように顔を背《そむ》けて、僕から逃げる。

その辺りも――兄さんへの気持ちが本気なんだって、思える理由なんだけど。

と。

突然ドアが開いたと同時に、にぎやかな声が響いた。

「そうなの！　それでね、シルクちゃん。あゆみはね」

「ああ」

――シルクと、あゆみちゃんだ。

「あれ？　あゆみ」

松原さんが首を傾げた。

「あゆみも今日はバイトじゃなかったの」

あゆみちゃんも、この名店街の店のひとつ、「マリーン」っていうパン屋さんでアルバイトをしている。「サクラギ」の制服はミニだけど、「マリーン」のは同じエプロンドレスでも長くてシックだ。それを着ている時のあゆみちゃんは、ちょっとアンティックドールみたいな雰囲気があって、悪くない。

「休憩もらったんだもーん。ごはん食べ行こって思ったらぁ、シルクちゃんがちょうど歩いてきたから、おしゃべりしてたの」

「なあ、拓也」

シルクが僕の顔をちょっと下目づかいに見て、笑った。

「な……なんだよ」

「おまえ、まだ昼食をとってないだろう。あゆみもまだだと言っている。ちょうどいいから、一緒に行ってきたらどうだ。――ああ、店の方は心配ない。わたしとマツバラがいれば、拓也などまったく必要がないほど完璧《かんぺき》に業務をこなせるからな」

「……そこまで言わなくたって」

僕がぶうたれると、シルクがまた笑った。

「本当のことを言われるのが誰《だれ》しも一番こたえるということだな」

相変わらず、シルクは容赦ないっていうか、きついっていうか。確かに、僕がいなくても二人でお店は全然大丈夫だったりするんだけどさ。

「ねえ、拓也くんっ！」

あゆみちゃんが僕の腕に両腕を絡めて飛びついてきた。

「わわっ⁈」

「行こうよぉ、お昼！　おいしいトコ、あゆみ知ってるんだよ。だから……ね？」

上気した顔をくしゃくしゃくしゃに笑ませて、あゆみちゃんが仔猫《こねこ》みたいに甘えてくる。

「わたしがつき合ってやれないからな。代わりに行ってきてくれ、拓也」

「で、でも……」

僕がまだ躊躇《ちゅうちょ》していると、シルクがぎろりと僕をにらんだ。

(おまえはわたしの従者だよな？)

――無言の圧力。

(う……)

顔を引きつらせた僕に対してシルクはさらに、あゆみちゃんに目線をやってから、ぱちり、と長い睫毛《まつげ》でウィンクをした。

――え？

まさか……。

僕はちろり、と、しがみついているあゆみちゃんを見やった。

「拓也くん、行こ？　ほらっ、出発進行ーっ！」

あゆみちゃんが言いながら、ぐいぐいと僕を押して外に出る。

「わわっ、ま、待ってよあゆみちゃん、僕着替えてないよっ！」

「いーからいーから、ねっ？」

……なんか僕、すっごく流されやすい気がしてきた。

結局そのまま僕は、あゆみちゃんにリードされて、無理矢理お昼休みをとることになってしまった。


あゆみちゃんは、僕を引っぱりながら名店街を突っ切るようにして外へ出た。

「あれ？　名店街の中じゃないんだ」

「うん……ちょっと、気になるところがあってね」

あゆみちゃんがくすくす、と笑った。

「新しいトコなの」

「ふうん……」

ともかく、僕はあゆみちゃんに任せることにした。大学に通うために田舎から出てきたばかりの僕よりは、前からここに住んでいるあゆみちゃんの方が詳しいに決まってる。

だけど。

「はい、ここよ」

連れてこられた、場所が。

「……あゆみちゃん、ここって――」

「最近できたところなの」

けろん、と言って、にこっと笑う。

「あゆみちゃん……ここ、ご飯、食べるところじゃないよね？」

「でも、ごはんも出してくれるよね？」

「……そりゃそうかもしれないけどさ」

にぎやかな繁華街から一本奥まった道にある、その建物は。

――ラブホテル、だった。


入り口でぐちゃぐちゃもめてたら恥ずかしいよぅ、と言われて、気がついたらやっぱり僕は流されるように部屋のひとつに入ってしまっていた。

だいたい、自分の押しの弱さに我ながらあきれるけど、女の子の方の押しの強さも相当なもんだよな、と僕は思う。

この間のかおりさんしかり、今度のあゆみちゃんしかり……。

それに、あゆみちゃんには彼氏がいるはずだ。松原さんとよく、そういう話をしているのを聞く。

なのに、あゆみちゃんは僕と一緒にホテルに入って。

……松原さんは、かなわない想《おも》いにあんなに必死になっているのに……。

なんだか、こんなところに僕を引っぱってくるあゆみちゃんにも、僕自身にも、ひどく腹立たしい気持ちになっていた。

と。

「ねえ、拓也くん」

部屋の真ん中に突っ立って考えていた僕を、ベッドに腰かけたあゆみちゃんが見上げてくる。

「……やっぱり男の子は、胸があった方がいいのかな？」

「へっ？」

なんだか肩すかしな質問に、僕はまぬけな声を出した。

「あゆみ、胸ないから……」

きゃしゃな腕で、細い身体《からだ》を抱きしめるようにして、あゆみちゃんはうつむいた。

「いや、別に、そんなことないよ」

「そうかなあ」

見上げる瞳《ひとみ》が不安そうに震えた。

「ほんと？」

「……もちろん」

僕の答えに、あゆみちゃんはこくんと唾《つば》を呑《の》む。

「……それ、ほんとかどうか、証明してくれる？」

「え？」

僕の手を取って、自分の胸元に持っていった。

「で、でもあゆみちゃん、彼氏がいるんじゃないの？」

「――だめ、なの？」

あゆみちゃんは僕の質問には答えず、ひどくさみしそうな顔をした。

「あゆみ、拓也くんのこと、好きだよ。それじゃ……だめなの？」

大きな、ちょっと垂れた少女っぽい瞳が揺れる。赤らんだ頬、僕の手の下でどきどきと脈打つ心臓――。

なんかそのどきどきは、僕にまで伝染してしまったのかもしれなかった。情けないことに。さっきまで僕は、苛立《いらだ》ちすら感じていたのに。

「いや、その……」

僕は口ごもる。

それはフェロモンのせいだと思う、とは言えなかった。

こんなところで、女の子とふたりっきりでいたら——しかも相手がかわいくて、僕に興味と好意を抱いていてくれるとしたら、意識しない方が変だろう。

だけど、やっぱり遠慮がないって言ったら嘘《うそ》になる。僕だって、自分の彼女がほかのオトコと、と思ったら、やっぱりイヤだと思うし……。

どうしよう——。

「…………もう！」

突然、僕の首に重みがかかった。

「え？　うわっ！」

むちゅっ、という柔らかい感触が唇にかぶさってくる。

「んんっ……」

うじうじ悩む僕に業を煮やしたあゆみちゃんがベッドから立ち上がり、僕の首にかじりつくようにしてキスをしてきたのだ。

「ん、ふ……」

あゆみちゃんの小さな唇が開いて、舌がのびてくる。あゆみちゃんからは、パン屋さんでのバイトのせいか、ふわっと甘い、おいしそうな香りがする。

僕もその、健康な若いオトコなわけで。

「んっ、……ん――」

抱きついてくるあゆみちゃんの身体が、折れてしまいそうに細いくせに、女の子らしく柔らかでしなやかなことに気づいた僕は、自分の中心が硬くなってきていることに気づいていた。


シャワーを浴びてきたあゆみちゃんは、バスタオルを巻いたまま、ベッドの上で横座りをした。

そして、僕に向かって両手を伸ばしてくる。

「きれいになってるから……」

胸元の合わせ目が外れて、はらっとシーツの上にバスタオルが落ちた。

「あゆみちゃん……」

細い全裸はほのあたたかく、抱きしめると、石けんの香りがする。

そのままベッドに横たえる。

「ごめんね、胸、小さくて……」

「なに言ってるの」

僕は言って、あゆみちゃんの胸の先端にある、ピンク色に震える小さな果実にキスをした。

「こんなにかわいいのに」

「きゃっ……！」

ちゅっ、と吸っただけで、あゆみちゃんの全身が魚みたいに跳ねる。

「それに、こんなに感じやすくて」

「……でも、拓也くんの、挟んであげられないよ」

「えっ?!」

突然なにを言い出すのかと思ったら。

あゆみちゃんの顔を見ると意外とまじめで、僕の方が照れてしまった。

「そんな必要ないってば」

「でも……オトコノコって、そういうの、してほしいでしょ？」

「あゆみちゃん」

僕はあゆみちゃんの頭をぐりぐりと撫《な》でた。

「こういうことってやり方はいろいろあるけど、別になにをしなくちゃいけないとかじゃなくて。そのふたりだけの特別なことだから、いいんだよ、世間のみんながなにをしてるとか、そういうことは」

「……ん」

僕の言葉に、あゆみちゃんの顔が、少し歪《ゆが》んだ。

「――拓也くん、……して」

胸元に僕の頭を抱え込む。

「うん」

僕はやっぱり卑怯者《ひきょうもの》なのかもしれない。さっきまで、彼氏がいるのに僕と関係しようとしているあゆみちゃんに腹を立てながら、今はなんだか愛《いと》おしくて――せめて今だけは、だいじにしてあげたいと思い始めていた。

「んっ……ぁ、ン……」

乳首を舌先で転がすたびに、あゆみちゃんの全身がひくん、と震える。確かに大きくないけれど、手のひらで揉《も》めばこりこりと先端が勃起《ぼっき》してきて、僕のキスを待つようにひくつく。

「あん、んっ……拓也く、ん……」

あゆみちゃんのかわいい声に誘われるように、僕はあゆみちゃんの全身に愛撫《あいぶ》の雨を降らせた。肩や鎖骨にキスをして、薄いお腹から腰に指を這《は》わせて。

「う、ぁんっ……ん、ふ、……ぁ――んっ……」

あゆみちゃんは僕の愛撫に細かく応《こた》える。たいらな下腹部に汗がにじみ始めて、僕の手はその汗を拭《ぬぐ》うようにして、どんどんあゆみちゃんの中心に近づいていく。

指がやがて、しっかりと閉じたワレメにかかって、僕はそこを少しだけ押し開く。

「あ、ぁ――んっ……！」

間に指を埋めると、もう潤ったそこは、ちゅぷん、と音を立てて、僕の指先を呑み込んだ。

「ん、ぁ……アン……っ――」

ゆっくりとかき回す。花びらが僕の指にまとわりついて、きゅ、と締めつけてくる。

「拓也、くん……ぁ、んんっ……」

あゆみちゃんが小さくいやいやをした。

「拓也くん、ばっかり……あゆみも、する」

「え？」

何のことか理解する前に、あゆみちゃんの手が僕のモノに触れる感覚があった。

「あ……」

手に握って、少しきょとん、という顔をする。

「おっきく、なってる」

「そりゃそうだよ。こんなことしてて、ならないはずないよ」

「ふぅん……」

彼氏もそうでしょう、と聞こうと思ったけれど、あゆみちゃんの指がくにゅ、と僕の先端をこねて、僕は言葉が出せなくなった。

「う、ぁ……」

「あ、すごい——どんどん硬くなるよ」

あゆみちゃんは頬を染めながらも、無邪気にペニスと戯れる。小さな手で竿《さお》をこすっては、ピアノの鍵盤《けんばん》を叩《たた》くように、リズミカルに指を弾《はず》ませたりして。

「うふ……あゆみ、拓也くんの、好きだな」

くす、といたずらっぽくあゆみちゃんは笑った。

「そう……？」

「うん、好き」

ちゅ、とあゆみちゃんが、亀頭にキスしてくる。

「っ——……」

腰の辺りを駆け抜けていく快感に、一瞬全身が震えた。

「ねえ、拓也くん。……ちょっと、あゆみの好きにしても、いい？」

「え——い、いいけど」

よくわからないままに、僕は頷いてしまった。

「ほんと？　えっと、じゃあ……」

あゆみちゃんは、僕のを握ったまま、ちょっと考え込んだ。

「っと――これを、こうして、こうだから……」

上目遣いに宙を見て、ああだこうだ言っている。

「……あゆみちゃん？」

「え――あ、うん、決まった」

「へっ？」

「えっと、――……あゆみが、のっかるの」

恥ずかしそうに言って、あゆみちゃんは少し笑った。

「いい、よね？」

「あ……うん――」

あゆみちゃんがそうしたいならと、僕はベッドに横たわった。ラブホのベッドは広くて、ちょうどいいクッションが僕を包み込む。

「え、と……」

僕の上にまたがって、あちこちを見ながら腰の位置を調整するあゆみちゃんの動作は、ぎこちなかった。

（もしかして……初めてするのかな、こういうの）

彼氏とはやったことのない体位なのかもしれない――なんてふと思う。

情けないけれど、こんな状況になってまで、僕の心の中に、まだ見たことのないあゆみちゃんの彼氏の姿がちらつく。

優越感とか闘争心ではなく、単純に罪悪感として。

それでも僕の身体は、あゆみちゃんの肌に触れて、においを感じて、確かに反応しているんだけれど。

それが——男ってものなのかもしれないけれど。

あゆみちゃんの助けになるように、僕は自分のモノを支えて持つ。

「ん……と、こう、か、な……んっ、あぁんっ……！」

あゆみちゃんはゆっくりと腰を下ろしてきた。

「ふ、あっ……！」

ちゅぷ、と小さな音がして、あゆみちゃんの花びらのあたりにまで溢《あふ》れた蜜《みつ》が、僕の先端を濡らしたのがわかった。

「ぁうっ——……」

あゆみちゃんがほうっ、と息をつく。

「これで平気——なの、か、な……拓也、くん……んっ……」

「うん、そのまま腰を沈めればだいじょうぶだよ」

「んっ……」

こくんと頷いて、あゆみちゃんは細い腰を沈める。

「あふっ――ん、んん……」

「――っ……！」

僕は息を吸い込んだ。

きつい。すごく――。

「っ、あ、ぁんっ……ぅ――ふぅっ……」

あゆみちゃんは僕の身体に手を置いて、自分の身体を支えている。つらそうな、でもそれだけではないような、微妙に甘い顔で僕を見る。

「んっ――拓也、く、ん……あっ、あぁっ――！」

僕を締めつけるあゆみちゃんの粘膜が、ひくひくと小さく脈打ってるのがわかる。きりきりと搾り取られるほどの狭さだけど、あゆみちゃんの自重もあって、僕のペニスはあゆみちゃんの奥へと徐々に入り込んでいく。

「ひ、ぁうっ……！」

何か、奇妙な抵抗感があって――だけどなんとか、全部入ったようだった。

「はぁ……はぁ……」

あゆみちゃんは少し苦しそうな、浅い息を続けている。

「入った……の？」

「うん。全部入ってるよ」

「そっか……うれしい、な……」

あゆみちゃんは言って、静かに腰を揺らし始めた。

「っ、ぅ――あぁんっ……」

ひくつく蜜壁が、僕を咥え込んで震える。すごく、きつい。それがびりびりするほどの快感なんだけど。

「ぁ、く――んっ、あふ……」

あゆみちゃんは眉《まゆ》をしかめながら腰を揺する。ちょっとかわいそうになってよくよく見ると、あゆみちゃんとつながっている部分から、薄赤い液体が流れてきたことに、気づいた。

「ちょっと――あ、あゆみちゃん……?!」

僕はあせった。

「え……んっ、ふ――ぁ、な、なぁに……んんっ――」

あゆみちゃんはうっすらと汗のにじんだ顔で僕を見る。

「――もしかして、あゆみちゃん、初めて……?」

「ぁ……え、っと……」

あゆみちゃんが困ったように顔を伏せた。

「うん……」

「でも、どうし――」

問いかけた僕の言葉は、あゆみちゃんのキスにふさがれた。

「んんっ……！」

キスをしながら、あゆみちゃんが腰の動きを速めていく。だんだん、頭の芯《しん》がぼうっとしていく感じがして、僕の理性が薄れていく。

「……お願い――……」

唇を離して、あゆみちゃんが吐息で言う。

「いいでしょ、今はあゆみだけ、ね……」

そう言われて、頭では納得したわけではなかったけれど、もう肉体ががまんできなかった。

あゆみちゃんの動きにつられて、僕の腰も浮き上がるように、あゆみちゃんの中を突きまくる。

「んっ、あぁあっ……は、あう……拓也、く、ん……」

「――だいじょうぶ？　痛く、ない……？」

「あふっ、……ぁ……へ、平気――最初、ち、ちょっとだけ……痛かっ、た、けど……もう、……ぁぁんっ――きもち、い、い……」

あゆみちゃんの言葉は嘘ではないみたいだった。その顔がとろんと溶けそうになって、中も締めつけるだけじゃなくて、ふっくらとふくらみ始めてる感じだ。

「んっ、あぁんっ……」

せつなそうに眉をしかめて、時折全身がひくひく震える。僕が支えている太ももが、びりびりと痙攣《けいれん》して、足の指がきゅっと縮こまる。

「ふ、あぁぁ……んっ、ん、あふ………」

あゆみちゃんが首を振るたびに、二つに結わえられた長い髪が宙に舞い、大きな黄色いリボンが蝶《ちょう》みたいに跳ねる。

「んんっ、……ぁ、あゆみ——なん、か……ヘン、かも……」

あゆみちゃんが、僕の肩を強く掴《つか》んだ。

「ぁ……んっ、な、なんか——あんっ………」

ちょっと泣きそうな顔になって、あゆみちゃんが僕に訴えかけてくる。

「んっ、あん……よ、よくわかんない……た、拓也くん……——」

「あゆみちゃん……?」

「……なんか、く、る……みたい、だけど……あゆみ——あぁんっ……」

ちょっとしゃくりあげるようにして、あゆみちゃんは熱くなった全身をもてあましているように見えた。

「あゆみちゃん、ちょっといい……？」

僕は言って、あゆみちゃんを抱きかかえるように身を起こして、向かい合わせに座ったあとで、つながったまま、そっとその背をベッドに横たえた。

「あ……」

「僕がするから。ね」

「う、ん……」

あゆみちゃんがこくん、と頷いて、ほっとしたような顔になった。

「動くよ」

「んっ……あっ！」

正常位でぐい、と奥を突くと、あゆみちゃんが大きく目を見開いた。

「あ、あぁっ――……！」

目が潤む。

「あぁんっ、た、拓也くん……拓也くん――……」

きゃしゃな腕が僕を求めて肩へと絡みつく。

「んっ、あぁっ――……」

僕はあゆみちゃんのあえぎに誘われるように、僕を締めつけてやまない粘膜をペニスでこすり、奥のあちこちをつついてみる。

「やっ——……！」

ちょっと上の部分をつついた時に、あゆみちゃんが大きく息を吸った。

「だ、だめ、そ、そこ——……あっ……！」

激しく首を振るたびに、あゆみちゃんの秘肉が細かくひくついて僕の欲望をそそる。

「ここ——だね？」

「だめ、やぁぁんっ——……！」

あゆみちゃんは甘く高い声を上げながら、脚を僕の腰に巻きつける。

「拓也、くん、や、ぁ……く、る、なにか、くる、よぉ……あぁぁっ——……！」

せつない声と、狭く柔らかな粘膜が僕を揺さぶる。

「や、あぁっ、だ、だめ、あゆみ、もう——だめぇぇっ……！」

敏感な子宮口をえぐるたびに、あゆみちゃんは全身を緊張させ、さらに強く僕の腰を抱え込んだ。

「あっ、あ――」

ひときわ大きく、あゆみちゃんが息を吸い込んだ瞬間。

ぐうっ、と強く吸い込まれるように、中の蜜壁がうねった。

「うわ……」

僕もこらえようもなく、ただピストンを速める。

「――も、う、あぁぁぁあっ、だ、だめ――だめぇぇぇっ――……！」

あゆみちゃんが絶叫し――。

僕は、その叫びの中でかろうじてペニスを抜き去り、樹液をあゆみちゃんの上に吐き出した。

「あっ、あぁぁ、あぁ…………」

あゆみちゃんが激しく息をつく。僕の呼吸音も、ひどく速い。

「う……」

ベッドにぐったりと横たわるあゆみちゃん。精液にまみれたそのきゃしゃな身体は、まだ興奮に上気して震えている。

(――やったな)

放心する中、どこかでシルクの声が、聞こえたような気がした。

結局お昼はファーストフードをかきこむようにして、僕は急ぎ足で店に向かっていた。裏口から入ろうかと思った時、そこに人影があることに気づいた。

「——シルク」

店の制服を着たままで、腕組みをしたシルクが僕ににやりと笑いかけた。

「……よくやった。二人目だ」

「え？　あ——ああ」

わかっていた。

シルクがあゆみちゃんと僕を一緒に外に出そうとした時にしたウィンクの意味は。

ただ——僕の返事はどうも苦いものになった。

「どうした、拓也」

シルクが不思議そうな顔をする。

「おまえにかかった魅了の術は、処女だろうが何だろうが感じさせる力を持っている。あゆみだって悦《よろこ》んでいただろう。気にするな」

「そういう問題じゃないよ！」

僕は叫んだ。

「拓也……？」

シルクはますます怪訝《けげん》そうな声を出す。

(――え?)

処女だろうが、何だろうが……?

僕はふと、気づいた。

「……シルク、きみ、まさか――あゆみちゃんが初めてだって知ってて……?」

「ああ」

シルクは得心がいったというように頷いた。

「彼女が持っているのは『水』の魔力だ。それが象徴するのは、柔軟性、流転……そして――虚栄」

「……虚栄?」

「つまりは、恋人がいるというのは嘘だ」

「なんだって?」

シルクは幾分真剣な顔で続けた。

「いれば、それらしい男のにおいがする。だが、あゆみからはそれは感じなかった」

「なら、どうして!」

僕は声を荒げた。

「……どうしてそれを早く言ってくれなかったんだよ!」

「拓也――」

シルクが僕の顔をまじまじと見る。

「何をそんなに怒っているのだ？　わたしがそんなにおまえに悪いことでもしたというのか」

「しなかった――言わなかったから怒ってるんだ！」

「何？」

「――僕は、僕は……」

ひとつ息をついて、僕は拳《こぶし》を握った。

「……魅了の術のフェロモンの力で女の子が寄ってくるけど――それは僕の力じゃない。いくらシルクが帰るために必要な魔力だからって言っても、心苦しいのは確かなんだよ。それに――あゆみちゃんには、彼氏がいるとずっと思ってた。だから罪悪感があった。せめて……それだけでも、言ってくれれば――……」

「…………」

シルクはしばらく何も言わず、僕をじっと見ていた。

が。

「――そうか。悪かった」

ぺこりと頭を下げる。

「……シルク？」

僕は幾分拍子抜けした。そんな僕に、シルクは続ける。

「――わたしは思いつかなかったのだ。男なら誰でも、女であれば無差別に抱くことを享受するものだと思っていた。……そうでない男もいたのだな。すまない」

「え……あ――……」

淡々と言われて、僕は呆然《ぼうぜん》とした。

それって――。

と。

「こら！」

裏口のドアが開いた。つまりは、厨房からのドアだ。

「――いつまで休憩取ってるんだ、二人とも」

貴司兄さんだった。

「わ、ご、ごめんなさい！　今入るから」

そのまま、シルクとふたりでとりあえずお店の方に回った。

「……遅かったわね」

ちょっと不機嫌な松原さんにも謝って、僕はあわてて仕事に取りかかった。

「これ、お願い。3番テーブルさん」

「はい」

（それにしても――……）

僕は注文品の乗ったトレイを運びながらも、さっきのシルクの言葉が、気になってしかたがなかった。


ダイニングテーブルの上にお箸《はし》を並べていると、銘々皿を運んできたシルクさんに声をかけられた。

「もうすぐできるぞ。シルクを呼んできてくれ、拓也」

「あ……はい」

言われて僕は、部屋に向かった。

いつもの夕食ならとっくに居間に出てきて、腹が減った、早くしろとうるさいシルクなのに、今日は確かに姿がなかった。家の中は、オイスターソースのいい匂《にお》いで満ちている。

今日は貴司兄さん、中華を作ったみたいだ。

ならばなおさら、シルクは早くみんな食卓につけとうるさいだろうに……。

部屋にたどり着き、ノックをしようとして――そのドアがかすかに開いていることに僕は気づいた。

「シル……」

ドアを開けるつもりの手が、止まった。

僕の目は、ベッドに座ったシルクの横顔に吸いつけられて、離れなくなった。

やや目を伏せて、どこを見るでもなしにいるその顔は、ひどく固い。

痛いほどに真剣で――見ているこっちが、つらくなるくらいに。

(――……シルク……)

僕はごくりと唾を飲んだ。その瞬間、ドアノブを握った手が震えて、かすかな音を立てた。

「――……」

シルクが気配に顔を上げて、こちらを見る。

目が、合った。

「――拓也か」

ふうっ、と息を吐くとともにシルクは言った。その顔は、いつもの表情に戻りかけていた。

「……うん。その――夕ご飯、できるからって」

「ああ。……そうだな。よい匂いがしている」

シルクは目を細めた。口元には笑みがのぼっているが、どこか自然ではないように、僕には見えた。

どうしたんだろう――？

「……ねえ、シルク」

「ん？」

「――なにか、あったの。今……すごく、暗いっていうか――つらそうな顔してた」

「あ――」

シルクは長い睫毛を二、三度しばたたいた。

「いや。……ちょっとな、考えていた。――昔のことと、これからのことを」

瞳がゆっくりと上がって、遠くを見た。きっと、時空の彼方を映しているんだろう。

「わたしは長い間、孤独な旅を続けてきた。そしてようやく、この世界で、拓也や貴司、シルクといった協力者を得て、元の世界に戻ろうとしている」

静かな声が、ふたりだけの部屋を満たす。

「――ここは信じられないくらい、よい世界なのだ、拓也。こんなに皆が優しくて、性別などでの差別もほとんどなく、平和だ。……なるほど、あいつが伴侶《はんりょ》を得て、永住の地と定めた理由もわかるように思う」

小さな笑みが、深まった。

「だが、あまり居心地がいいとな。……帰るのがつらくなる。帰るために、力を貸してもらうこともまた、な」

僕は言葉が返せなくなった。

シルクは――普段はあんなに高飛車な態度を取っているくせに、こうやって悩んでいたのだ。

でも、それはそうなのかもしれない。

僕の知らない、五百年という長い時間の放浪。孤立無援、呪《のろ》われた運命。

悩まない方が変なのだろう。

僕には――旅人の気持ちはわからない。僕も実家は出てしまったけれど、こうして従兄《いとこ》の貴司兄さんとシルクさんにかわいがってもらって、大学に通わせてもらっている。バイト先も大学にも、仲のいい仲間がいるし。

でも、シルクはずっとたったひとりだったんだ。

だったら、血を吐くほどに帰りたいと思うのが当然だろう。

この間の夜、泣いていた、シルク――。

(カエリタイ)

僕は何も答えられずに、ただシルクを見た。

するると。

「なーんて、な」

シルクがすっくとベッドから立ち上がった。

「そんな真面目《まじめ》なことをわたしが考えていると思うのか？　居間で待っているとよい匂いがして腹が減ってたまらなくなるから、部屋にいただけだ！　さあ、行くぞ、拓也！」

「え、あ、ちょっと、シルク……！」

ぐいぐい、と背中を押された。

「早くしないと、全部あの女に食べられてしまうぞ！」

「そんなはずないって。ちゃんと僕たちが行くまで待っててくれるよ」

「わからないぞ？　わたしをへこまそうと思ったら、食事抜きが一番よいだろうということは、分身なのだからわかっているはずだ！」

「……なんでシルクさんがシルクをへこまそうと思うんだよ」

ばかなやり取りをしながらも、僕は思っていた。

シルクは明らかにごまかしている。

本当に――シルクは悩んでいたんだ。今までと、これからのことを。

(帰してやりたい)

本気で思う。

ただそのためには、このフェロモン体質を利用する形で、女の子を抱かなければならない。

本能は嫌だと言っていない。だからこそ、どうも、苦い気持ちが残る――。

僕はどうにも複雑な気持ちを抱えたまま、まだ減らず口をたたいているシルクの顔を、もう一度、そっと見つめた。

第三章　どっちがつらい？

いろいろな想《おも》いをはらみながら、日常は過ぎていく。

僕は大学の合間にバイトを繰り返し、そして突如として選ばれてしまったシルクの従者生活と、フェロモン体質に翻弄されている日々だ。

バイトの時は松原さんとシルクがいるから、僕はなんとなく女の子のお客さんを彼女らに回して、極力避けるようにしている。

……とはいえ、もともとよりケーキ屋さんだ。女の子のお客さんの方が比率としてもずっと高い。特に常連さんは、みんな女性。

その常連さんの中で、「土」の魔力を持つバニー居酒屋のかおりさんに、「水」の魔力を持つ松原さんの同級生、あゆみちゃん。

シルクが元の世界に帰るために必要な、そのふたつの魔力はなんとか手に入れた……というかなんというか。要は女の子と僕がエッチすると手に入る魔力なんだけど、押し切られて関係してしまって、図らずも手に入れることになった。

必要なのは四大元素に基づいた魔力、地・水・火・風。

じゃあ、残りのふたつは？

——なんと。

シルクが言うことには、和菓子屋・太子堂の久美さんに「風」、さらには！

常連さんじゃないけど、僕のバイト仲間である松原さんに「火」の魔力があるというのだ！

　そんなの都合がよすぎるじゃないかと言った僕に、シルクはこう答えた後で、『何のためにわたしがサクラギで仕事をしていると思っているのだ、拓也は』と呆《あき》れたように付け加えた。たくさんの女性のお客さんをチェックするために、シルクはサクラギでバイトしていたらしい。

　──なるほど。確かに、なるほど、だけど。

　つまりそれは、僕が、久美さんと松原さんと、その、……しなくちゃいけないというわけで。

　なかなか気が重い毎日だったりする。

（……普通の男だったらそんなコトないのかなあ）

　僕はぼうっとそんなことを考えながら、食器を片づけ終わったテーブルを拭《ふ》いていた。

「……ん？」

　ダスターが、動かない。

　僕の手の上に乗っている、すんなりと指の長い、白い手。

　明らかに、女性の。

「うふふふ？」

顔を見る。

——久美さん、だった。

「お仕事熱心ね、拓也さん」

「く、く、久美さん！」

僕はあわてて、久美さんの手の下から自分の手を引き抜いた。

「あら、そんなに必死にならなくても」

久美さんはくすくす笑っている。

「あーっ、また山下さん！　うちの従業員をからかわないでください！」

奥から出てきた松原さんに怒鳴られても、久美さんはまだくすくす笑ったままだ。

「まあ……だって、店長の桜木さんにも取り次いでもらえないんですもの？　せめて拓也さんくらい、いいじゃないの」

（せめて、って……）

悪気があるんだかないんだか、本気なのかそうじゃないのか、久美さんは全然わからない。とらえどころのない人だ。

シルクいわく、久美さんの持つ「風」の特性は、自由と変化、そして孤独、なんだそうだ。

自由と変化、っていうのは、久美さんらしいような気もするけど、孤独……ねえ。孤独だから、こうやっていつもサクラギにお茶を飲みに来て店員をからかってる、っていうわけでもないんだろうなあ……。

「ん？　俺がどうした」

兄さんが厨房《ちゅうぼう》から顔を出した。

「あら、桜木さん」

久美さんがおっとりと頭を下げた。

「ああ、山下さん。ちょうどいい、ご注文の品、できてますよ」

「あら……ええ、もうすぐかしら、と思って。お使い帰りに伺ったんです」

ふたりの会話に、僕と松原さんは顔を見合わせた。

「ちょっと待ってくださいね」

貴司兄さんが、もう一度奥へと引っ込んで、しばらくしてまた姿を見せた。——手に、大きな白いケーキボックスを持って。

「はい。これ、スペシャルデコレーションです。中身確認してもらえますか？」

「ええ」

兄さんがそっとボックスの蓋《ふた》を開ける。

「うわあ……！」

僕と松原さんは、中を見て同時に声を上げた。

ケーキ自体は何号くらいあるんだろう？　七、八人前はありそうな大きなスポンジは真っ白な生クリームにおおわれて、色とりどりのフルーツで飾られている。豪華なケーキだった。

「お友だちの誕生日パーティーなんですの。こちらのケーキなら、絶対おいしいって、わたしがお薦めしたらぜひとも、って言うから」

にっこりと——この人は本当ににっこり、と柔らかく笑う——微笑《ほほえ》んで、久美さんが説明した。

「でも……」

久美さんはまだ笑った顔のままで付け足した。

「わたし、両手が荷物でふさがっていて、持ち帰れませんわ。あの、配達をお願いしていいかしら？　お店までいいんですけれど」

「配達？」

兄さんが少し驚いた顔をした。

「——基本的に配達はしないんですが……でも、注文も特別ですし、いいですよ。——おい、拓也」

「え？」

「おまえ、これを持って太子堂まで行って来い」

「……はい」

雇い主の命令には逆らえない。っていうか、こんな大きなケーキ、確かにお使い帰りの久美さんは持てなさそうだ。

というわけで僕は、巨大なデコレーションケーキを捧げ持つように抱えて、久美さんのお供をすることになった。


「ここに置いてくださいます？　拓也さん」

「あ……はい」

運んできたケーキを、店の裏手の、和室になっている部屋に置いた。テーブルっていうよりちゃぶ台っていうか、控え室までさすが和菓子屋さん、っていう感じの作りになっている。

「ふうっ」

ため息をついたら、久美さんがまたくすくすっ、と笑った。

「お疲れさま、拓也さん。大変だったでしょ」

「え、いや、それほどでも……でも、緊張しました。崩しちゃいけないな、って思って」

「そうね——よろしかったらお茶でもいかが？　日本茶と和菓子も、たまにいただくと落ち着いた感じで楽しめますわよ？」

「え、でも……」

バイトの途中なのでご遠慮します、という言葉を、僕は呑《の》み込んでしまった。

……単純に、お茶と和菓子か、いいなあ、って思っちゃったからだ。

「――いいんですか？」

「もちろん、どうぞ。和菓子なら売るほどありますもの」

冗談なのかそうでないのかわからないコメントをして、久美さんがちょっと奥まったところに引っ込んだ。

どうしていいかわからずに正座していた僕のところに、ふわっ、とやさしい香りが届いた。緑茶だ。

「……いい香りですね」

「でしょう？　まだ新茶が残ってましたのよ」

しばらくして久美さんは、手に茶碗《ちゃわん》と、小さな皿を携えて出てきた。

「はい、どうぞ」

「あ、すいません。いただきます」

お皿には、朝顔の花を形取った生菓子が載っている。

「これは、『朝露』と言う名前で、今いちばんお薦めしてるお菓子なんですよ」

「きれい……ですね」

赤紫の花びらが美しくて、お菓子と言うよりは、お皿の上に本物の朝顔が一輪置いてあるかに見える。

「和菓子は季節感が重要なんです」

ほっこりと笑って、久美さんは僕にお菓子を勧める仕草をした。

「いただきます」

竹の楊子《ようじ》で切り取って口に入れるとお菓子はほんのりと甘く、次いでお茶を含むと、なんともいえずおいしい。

僕は大きく息をついた。

「……やっぱり、落ち着きますねえ」

「でしょう？」

久美さんがほのぼのと笑む。

「わたし、お茶の時間が大好きなんです。それも、誰《だれ》かと一緒にお茶を飲むのが。とても楽しい、特別な時間という気がして。……だからここでお仕事しているのかもしれないですわ」

久美さんの話を聞きながら、思う。

シルクによれば、久美さんにあるのは「風」の魔力。その特徴である孤独——それをこうやって久美さんは癒《いや》しているんだろうか。

僕はちらっと、置いたケーキを見やった。これだって、友だちの誕生パーティー用だって言っていた。こんなに大きいのが必要なんだから、相当人数が集まるんだろう。

でも、人と会った後でひとりになった方が、より孤独を感じてしまうんじゃないんだろうか。

シルクだって——僕らの世界の人間と楽しくやるのを、恐れていたんだし……。

(——そういえば)

僕はふっと思った。

(シルク、さっきお店にいなかったな。どこ行っちゃったんだろう)

もちろん、シルクは、何時から何時までバイトという契約をしているわけでもないから、いなくても不思議ではないんだけれど——。

と。

不意に、目の前が暗くなった。

「……★◎◇▼×?」

むぎゅ。

(う……い、息ができないっ?!)

柔らかいものに視界がふさがれて——。

「ち……ちょ、ちょっとちょっとちょっと、久美さんっ!」

「はい？」

僕は目の前にあるものがようやくなにかわかって、あわてて手で押しのけた。

「なにしてるんですかっ！」

「あら、何って……拓也さんがぼーっとなさってるから、抱っこしちゃえって思って」

「…………」

僕は目を白黒させた。

「抱っこしちゃえ、って……」

「だって、かわいいんですもの、拓也さんって」

そのまま久美さんが、またすり寄ってくる。

「や、やめてくださいっ！」

『ばかもの！』

久美さんから飛び退《との》いた瞬間、脳天にこん！と強いショックがあった。

「え？」

頭をさわってみる。

『何を逃げている！　せっかくのチャンスではないかっ！』

——シルク？

確かにシルクの口調だけれど、でもなんか、声がいつもと違う。

だいたい、姿がみえないんだけれど……。

『あー、拓也。上を見ろ、上だ』

上？

………………。


「う、うわああっ！」

「拓也さん？　どうしました？」

「え……あ、その、あのその、あの……」

僕は宙を指さした。

「……？　何ですの？　何か天井にありますか？」

「――へ？」

『ばかもの。わたしの姿は拓也にしか見えぬわ』

シルクが大きく息をついて、くるっ、と宙返りをした。

――そう。

そこにいたのはシルクだ。でも、その身長は三十センチ足らず。しかも、背中に透き通った四枚の翅《はね》をつけている。まるっきり、おとぎ話の妖精の姿だ。

『拓也が無事に事を成し遂げられるか確かめるために、ついてきたのだ。この姿なら消えるのも、拓也だけに見えるようにするのも自在だ』

（おい、シルク！）

僕は小声で怒鳴った。

『いいか、逃げるのではないぞ！　そのクミという女の「風」の魔力は相当のものだ。そいつから魔力が得られなかったら、次はなかなか見つかるまい。心しろ、拓也！』

そう言ってシルクの姿が、ふっと見えなくなった。

——どこかへ行ってしまった……んじゃないんだろう、な。消えるのも自在だと言っていたし。おおかた、その辺りでこっそりと僕のことを見はって……。

（……ん？）

かちゃかちゃ。

じー。

（なんかヘンな感触が……）

もぞもぞ。

ぱく。

（◆☆▽●※◎□——‼）

ちょっと。

あの。

その。

「んっ……ん、んむっ……」

「あ──あの、あの、久美さん……なっ、なにを……」

「んむ……え？」

僕の股間《こかん》から顔を上げて、久美さんがにこっと笑った。

「何って──あの、あんまり拓也さんがかわいかったので。気持ちよくしてさし上げようかな、って思って」

「って……久美さん、そんな、いきなり……ぁ、くっ……！」

久美さんってどこか、普通と違ったテンポの人だな、とはずーっと思ってたけど。

そんな、突然フェラチオだなんて……。

「あむっ……」

動じる僕をしり目に、しかし久美さんは全然めげなかった。

「え、久美さん──」

ジーンズと下着を下ろしたかと思うとまた、小さな唇で僕のモノをぱくりと咥《くわ》え込み、しゃぶり始める。

「んっ……ふ、むぐ……あむ……………」

「う、わ……」

びっくりしたけど、こうやって女の人に口でされちゃったりした日には、やっぱり男としては反応してしまうのがサガというもので。

「む……あふ……ちゅぷ——むっ、ぁむ……」

久美さんの舌がしっとりと僕のモノを包み込み、強く弱く上下する。久美さんは僕の太ももにしがみつくみたいにして、僕の股間に顔を埋めている。

「あふ……んっ、あむ——ちゅぱ、くちゅ……」

久美さんが舌を使うたびに、熱い吐息がかかって僕をぞくぞくさせる。その着物の袖《そで》の感触も、普通の洋服とは形も違うし、コシがあって少しざらつくのが不思議な感じだ。

「んくっ……ちゅぱ……」

サオをくちゅくちゅとしゃぶられ、ねっとりと絡んでくる舌に、僕のモノはすっかり臨戦態勢になってしまった。

「あふっ……」

ちゅぽん、と唇から僕のモノを抜き出して、久美さんが笑った。

「よかった、拓也さん、すごく元気になって……」

久美さんがそう言って、すっと立ち上がった。しゅる、という衣擦《きぬず》れの音とともに、着物が床に落ちる。

僕はそれを、呆然《ぼうぜん》と見ていた。あまり、着物の女性が服を脱ぐところなんて、見たことがない。

「……どうなさいました？」

肌襦袢《はだじゅばん》から片肌を脱いだ久美さんが、おかしそうに笑う。そしてそれを取ってしまうと、もう、久美さんは何も身につけていなかった。

「——話には聞いてたけど……着物って、下着、つけないんですね」

「そうですよ？　線が出てしまっては興ざめでしょう？　それに——」

久美さんは、自分の襦袢を敷くようにして座った。

「ねえ、拓也さん」

僕を見つめる瞳《ひとみ》に、蠱惑《こわく》の色がある。これじゃどっちがフェロモン体質なのかわからない、というか——。

ゆっくりと太ももを開いて、久美さんが微笑む。

僕は、ごくりと唾《つば》を飲んだ。

なめらかな肌、曲線でできあがった柔らかいライン。

「わたしのこと……ほしく、ないですか？」

言いながら久美さんは、もう潤った花びらに手を添えて、そこをじわじわと押し広げていく。

「いや、その……」

僕はもう、自分の気持ちを偽れなかった。

「——……ほしいです」

「じゃあ、どうぞ。全部、さし上げますわ」

久美さんの微笑みにつられるように、僕はその身体《からだ》に覆いかぶさっていった。

ぐっ、と腰を進めると、久美さんの指に開かれた花びらが、くにゅ、とひしゃげてめくれる。

「あんっ……！」

薄紅《うすあか》い肉色がひどくなまめかしくて、僕は久美さんの腰をきつく抱きかかえ、ぐいぐいと中に押し入る。

「はう——んぁ、た、拓也さん……すごい——……」

久美さんがうっとりした目で僕に言い、腕を背に回してきた。身体が密着して、ペニスが否が応でも肉ひだに食い込んで、うねりの中に僕は取り込まれていく。

「んっ、あぁ……んくっ——熱、い……」

僕を受け入れた久美さんが、後ろ手をつき、腰を浮かせて求めてくる。はまり込んだ肉棒が、火みたいに熱くなって、固くなっているのがわかる。

「ふ……ぁん、ん、く……うぁ……たまら、ない、……拓也さん……」

久美さんは細い、溶けそうな声で僕を呼ぶ。自分から脚を閉じたり開いたりして、もっと奥まで僕を招こうとせがむ。

「んっ……あぁぁっ……や、ぁん……」

僕の腰は知らず動き出していて、ピストンがどんどん速くなっていく。

「あぁ——すご、い、奥……まで、入って、く、る——あんっ、あぁぁっ……」

汗の浮いた羽二重みたいに柔らかい肌が、僕の全身にすがりついてくる。練れた熱っぽい蜜壁《みつへき》と、あふれる愛液に満たされて、僕のモノが久美さんの中でひくひくと脈打つのがわかる。

「拓也さん……もっと——強く、して……あ、ぁぁ……」

求められるままに、僕は何度となく抽挿《ちゅうそう》を繰り返した。ぎりぎりまで引いて、突き刺す。何度も、何度も。

僕のピストンに揺さぶられて、久美さんの白い乳房が跳ね、勃起《ぼっき》した乳首が小さく震える。

「あっ、あ——やっ、あぁんっ……もう、あ、わたし……——そんな……」

久美さんの指が僕の背に食い込む。

「ひっ——んっ、あぁ……ふ、や、ぁん……い、いく……」

久美さんが激しく首を振る。まとめられた長い髪がほどけて、しどけなく乱れた髪がひどく色っぽい。どこか甘い匂《にお》いが漂う。

「あぁ、んっ……や、ぁ、あたる、——い、いっちゃう……——」

腰をくねらせ、背をそらして、久美さんが快感に震える。僕は思いきり、ぐい、とねじ込むようにペニスを突き入れる。

「拓也さん、あぁっ、い、いく……——」

ひくっ、と久美さんの喉《のど》が鳴った。

「あっ——ぁぁぁっ——……」

振り絞るような声。

一瞬の間があって、それが絶叫に変わった。

「あ、んっ——あぁっ、だ、だめぇっ——い、いく、いっちゃう、わたし——いっちゃううぅぅっ——……!!」

声と同時に、僕のモノはぐいぐいと締めつけられ、ざわめくひだひだの細部までもが肉棒に絡みついて、うねる。

ぞくん、と、もう止めようもない射精感に襲われて、僕は狂ったように腰を使った。

「やっ、いい、ぁぁぁっ、——いっちゃう、いくぅぅっ——……！」

久美さんの全身が激しく痙攣《けいれん》した。

「あんんっ――ひ、あっ、やぁぁぁぁぁっ――……!!」

「ぅ、ぁ……!」

泣き叫ぶ久美さんと同時に、僕ももう逃げられない快感の渦の中で、なんとか自分のモノを抜き出し吐精した。

「あ、う、ぁぁぁっ――……んぅ、ぁぁ……」

まだ震える久美さんの下腹部に、白く濁った液体が吐き出されていく。

「ふ、ぁぁ……」

僕にしがみついていた久美さんが、腕の力を抜いて、自分の襦袢の上に倒れ込んだ。

さわ、と、また衣擦れの音。

『――拓也』

すべてを放出した僕の耳元で、ミニシルクの薄い翅音と声がした。

『ご苦労、だったな』

小さな声。それはシルクが小さくなっているからだけ――なんだろうか?

たぶんこれで、「風」の魔力は手に入ったはずだ。だったら、もう少しシルクがはしゃいでもいいはずなのに――。

居間のソファに座り込むと、疲労が全身に広がっているのがわかった。

「……疲れた」

吐息混じりの僕の声に、夕食を作るためにキッチンに行こうとしていた貴司兄さんが苦笑いを浮かべた。

「おいおい、何だよ若いのに――……っと、そうか」

呆れていた声に、納得の響きが混じる。

「……いろいろあったもんなあ、今日は」

どうやらシルクは、兄さんに久美さんとの件を説明しておいてくれたらしい。遅れてバイトに戻っても、兄さんは何も言わずに頷《うなず》いただけだった。

「うん――」

太子堂まで久美さんについていったはいいものの、お茶を飲んでいる間にちっちゃなシルクにせっつかれて、そして久美さんに流されて、僕はエッチしてしまった。

(流されてるなあ……)

僕はいろいろなものに流されていると思う。

かおりさんにも、あゆみちゃんにも、そして久美さんにも。僕は迫られ、逃げられず、彼女らを抱く。

シルクのために魔力を得なくてはいけないというのもある。

役得と割り切ればいいんだろうけど、――僕はできるなら、相手は好きな女の子がいい。

彼女たちは嫌いじゃないけれど、嫌いじゃないと好きは別だと思う。

……これは女の子じみた考え方なのかな。

「――ねえ、兄さん」

「ん？」

エプロンをつけた兄さんが、僕の声を聞いて居間に戻ってきた。

「ひどいよね、こんな話。……いきなり天から女の子が落ちてきて、従者になれ、魔力を集めるためにエッチをしろ、なんてさ」

「ああ」

貴司兄さんは、苦笑に似た、言い難い笑みを浮かべた。

「まあ――な。そうかもしれない。俺にも似たような経験があるからわかる」

「でしょう？　兄さんはどうやって対処したの、こういう時」

「と言われてもなあ。俺と拓也のケースが、まるっきり一緒なわけじゃないから」

それはそうなんだと、思う。シルクさんは、シルクと違って、故郷に帰る方法を知らなかったんだから、こんな無茶苦茶なことを言い出されはしなかっただろう。

と、兄さんが、僕の方に歩み寄ってきた。

「でもな、拓也。考えてみろ」

そのまま、僕の隣りに腰かける。

「……シルクの性格は、だいたいわかるようになったろう」

「うん、まあ」

高飛車で、押しが強くて、素直じゃない。この間だって、部屋でひとりっきりでいた時に僕が入っていったら、本音をごまかしてしゃべっていた。

「俺は昔、シルクの――妻のシルクの従者だった。おまえと同じように。そして今、シルクと俺はどうなってる？」

「え……？」

「あのふたりのシルクは、元々は同じ人格だ。性格もそっくりだ。俺のシルクも、気位が高くて、言いたいことを言うわりには、なかなか俺にも素直になれなかった。だが今は、俺に心を許して何でも話してくれる。信頼されているのが、俺もわかる」

「うん……」

貴司兄さんとシルクさんは、本当に仲がいい。もっともシルクさんはあの性格だから、やっぱりちょっとかかあ天下っていうか、貴司兄さんが尻に敷かれてる感じはあるけれど、別に主人と従者というわけではない。普通の夫婦以上に心の通い合った夫婦に見える。

「――あの金髪のシルクが、おまえに対してずいぶん気持ちを許しているように、俺には見えるけどな」

「……そうかな」

「たまたま落ちてきた時にそばにいた、というだけの理由で、従者を選んでいるわけじゃないと俺は思うよ」

「――……それって、兄さんがシルクさんとの関係を正当化するために説明してるように聞こえるけど」

「……ははは」

僕の言葉に、兄さんがまた苦笑した。

「そう思いたければ、そう思うのもいいけどな」

その時、玄関の方でがちゃがちゃと物音がした。

「お、ダブルシルクのお帰りかな」

「ただいま、貴司」

「今帰ったぞ、拓也！」

――本当だ。

「お姫様たち、ご帰還ってところかな」

「女王様たち、だろ？　買い物とか言ってたからな。疲れたとかお腹が空いたとかって、うるさいぞ、きっと」

ふたりのシルクが相変わらず口論ともおしゃべりともつかないやり取りを続けながら、

居間に入ってくる。その手には幾つもの戦利品らしい紙袋を提げていた。

「貴司、わたしは腹が減ったぞ！」

「腹も減っているが、ともかく疲れたな。拓也、肩を揉《も》んでくれないか」

「……はいはい」

僕と兄さんは、相変わらずのシルクたちに、顔を見合わせて笑った。


礼儀の第一は、やっぱり挨拶《あいさつ》。居候の身としては、特にちゃんとしないといけない。ちょっと早いけど、今日はいろいろあったし早く寝よう……というわけで、部屋に引っ込む前におやすみなさいの挨拶をしようと、兄さんとシルクさんの姿を探した。

「──わかっている。わたしも通ってきた道だ」

（……あれ？）

キッチンで、話し声が聞こえた。

兄さんじゃない。女性ふたり……となると、シルクとシルクさん、ということかな。

でも、いつものようににぎやかなコミュニケーションじゃない。その声は、低かった。

「ああ……」

シルクの吐息が聞こえた。ひどく、重い。

（なんだろう……？）

深刻そうな話を立ち聞きするのも悪いけど、気になってしかたがない。僕はそっと、ドアの陰に隠れた。

「――困る。本当に……嬉《うれ》しいが、困る。皆、優しすぎる」

ダイニングテーブルにひじをついたシルクが、頭を抱え込むようにして首を振った。

「わかるだろう。なぜわたしがこの世界を選んだか。ここには貴司がいたこともある。だが、もうどこへも行けなかったから、というだけではない」

「ああ、わかるさ！」

シルクが吐き出すように叫んだ。

「……だから、誰とも交わらないように高飛車な言葉遣いをするのに。きつくあたるのに。そんなことはおかまいなしに、皆が優しく暖かい。こんな世界……他にはないぞ」

「うむ」

シルクさんが、シルクのむき出しの肩に手を置いた。

「《転移》の呪《のろ》いは――本当に残酷だ。一番幸せな時に限って、あの金の粉が降ってくる。その微かな前触れを見た時の絶望……もう、だいぶ薄れた記憶だが、一生きっと、わたしも忘れられないだろう」

「ああ……」

シルクさんに言われて、肩を落とすシルクの横顔が、暗い。

「本当に、皆が——よくしてくれる。貴司も、そして拓也も。拓也には無理を言っているのは、わたしにだってわかっている。でも……」

シルクさんが、ふっと笑った。

「しかたがないな。落ちてきた目の前に、信頼できるにおいを持つ人間がいたのだ。運命だ、それが。……そうでなければおまえも、拓也に《通意の術》を施したりすまい」

（え……？）

「ああ……」

シルクも小さく、あきらめたように笑む。

「なるほど、運命だな。半ば無意識のうちの行為だから、本能的に認めた相手にしかできない。あれだけ親密な接触をするのだし」

「だろう？」

と、シルクさんは、唇の片端だけを上げてにやりと笑った。

「——おまえ、拓也が好きなのだろう」

「え」

問われたシルクの頬《ほお》が、……赤くなった。

「……そういうことに、なるかな」

（なんだって？　シルクが……僕を？）

と、シルクは、シルクさんをにらむようにして身を乗り出した。

「別にそんなつもりはなかったのだ！　最初は単なる従者だと思っていた！　ただ……なんとなく、その……」

だんだん、シルクの勢いがそがれていく。

「……拓也は、女を抱くのは意に染まないと言う。わたしは驚いた。男はすべからく女を喜んで抱く生き物だと思っていたからだ。だが、わたしが帰還するために、その責務を負ってくれている。……わたしは、通意の術を利用したり、拓也以外の人間には見えない姿となって、拓也が魔力を得るのを見ていた。……それが」

シルクが唇を、ぎり、と噛《か》んだ。

「……見ているのが、苦しくなってきた」

「嫉妬《しっと》、というやつか」

「ひどい言いぐさだろう。勝手に従者に任命しておいて、女を抱けと強要し、そのくせそれが腹立たしい、などとは……誰が言えるのだ」

「まあ、な」

シルクさんはしばらく、黙っていた。

「……それでも、おまえはわたしと違って、帰れるのだ」

「ああ」

シルクはぎゅっと目をつぶった。

「ああ――……」

それは、肯定の言葉だったんだと思う。

でもそれは、僕の耳には、血を吐くようにも聞こえた。

僕はそっと、ドアを離れた。

（シルクが、僕を――……）

考えてもいなかった。

でも。

（――あの金髪のシルクが、おまえに対してずいぶん気持ちを許しているように、俺には見えるけどな）

貴司兄さんの言葉。そして、今のシルクとシルクさんの会話。

（……あ）

ふっと、思い当たった。

久美さんを抱いた後で聞いた、ミニシルクの言葉。

（ご苦労、だったな）

小さく、低く、今思えば――幾分、苦い響きの。

(シルク……)

僕は混乱していた。

もし、本当にシルクが僕を好きだとして……じゃあ、僕の気持ちは?

自分の胸に問う。そうだ、僕は自問したことがなかった。好きな女の子を抱きたい——じゃあ、誰が抱きたいのか。

なぜ、かおりさんを抱いても、あゆみちゃんを抱いても、久美さんを抱いても、心になにか割り切れないものが残るのか。

(考えろ)

シルクが初めて来た日のこと。見とれていた——かわいくて、きれいで。

(思い出せ)

キスをされて、動揺して。従者になれなんて乱暴なことを言われて、でも断れなくて。

それは、どうしてなのか——。

……僕はようやく今になって、自分の心の奥底に、シルクへの想いが芽生え始めていることを知るのだった。

第四章　見つけた真実

「おはようございます……」

眠い目をこすりこすり、居間に行く。なんだか、昨日はあんまりよく眠れなかった。

寝る前に、シルクとシルクさんの会話を聞いて――なんだか意識してしまったからだろうか。心臓がどきどきいって、ひどく寝苦しかった。

ちょっと起きてくるのが遅くなったせいか、もう部屋にシルクの姿はなかった。

「ああ、拓也、起きたか。おはよう」

シルクさんがにっこり笑いかけてくる。シルクとよく似ているが、その黒髪と数年先輩という落ち着きに、僕はなんだか眩《まぶ》しいものを感じる。

これも、シルクを意識したせいなんだろうか。突然、そんなふうに思って、いいんだろうか――でも、そういう……恋、なのか知らないけれど、そういうものはある日突然陥るものと相場が決まっているらしいし……。

「あ」

と、顔を洗っていたんだろうか、髪が少し濡れたシルクが居間に顔を出した。

「おはよう――拓也」

「……おはよう、シルク」

僕らはなんとなくぎこちない挨拶《あいさつ》を交わした。顔を見るのが、少し照れくさい。

と、シルクの後ろにシルクさんが駆け寄って、背中を叩《たた》く。

「ほら、シルク。いいチャンスじゃないか」

そう言ってシルクさんは部屋の隅に置いてあった紙袋を持ってきて、シルクに押しつけた。あれは昨日、ふたりが買い物に行って持って帰ってきた紙袋のひとつだけど……。

「せっかくなんだから、早く渡した方がいいだろう」

「でも……」

「いいから、早く」

シルクさんにせかされて、シルクがおずおずと僕の顔を見た。

その口から、いつものシルクとはまったく違う、小さな声がした。

「あの……な、拓也。これ、……プレゼントだ。その……アルバイト代をもらったから」

「え？」

僕は相当びっくりした顔をしていたに違いない。鏡を見たら、鳩《はと》が豆鉄砲を食らうってこんな顔かも、って思

えるくらいに。

シルクは頬《ほお》を染めながら、僕に袋から出した包みを差し出した。

「あ……あ、ありが……とう」

まったく、柄にもなくシルクが照れるから——僕もどうしていいかわからないくらい、照れちゃうじゃないか。

「開けてみろ、拓也」

シルクさんがウィンクした。

「あ……うん」

「二人で選んだんだ。なかなかだと思うぞ」

言われるままに、がさごそと包みを開ける。

「……うわぁ」

僕はそれだけ言って固まった。

——すごかった。あらゆる、意味で。

シャツだ。

シャツだけど。

……僕はこれをどこに着ていったらいいのか、ちょっと思いつかない。極彩色の、よくわかんない模様が入った、ともすれば頬に傷のあるヒトに間違えられちゃいそうなヤツ。

「あ、……ありがとう、シルク」

とりあえずお礼を言った。なんであれ、プレゼントをもらった、という事実に対しては素直に、心から僕はお礼が言える。……その事実に関してのみ、だけど。

「お？　プレゼントもらったのか、拓也」

フライパンを片手に、貴司兄さんがキッチンから出てきた。

「うん……」

どうも語尾があいまいになってしまう。兄さんは、スクランブルエッグの入っているフライパンを揺すりながら笑った。

「本当はもっとバイト代をはずんでもいいんだがな。他の人間とのバランスを考えるとそうもいかなくてな」

そう、確かにシルクの働きぶりはすごい。松原さんも舌を巻く手際のよさだ。

「……ねえシルク、きみはどこかでそういう接客を習ったの？」

僕が訊《たず》ねると、シルクは目をぱちぱちさせた。

「何を言っているのだ。ああいうメイドのような仕事をさせられるのはよくある話だ。第一、あれで賃金を得られるというのも、他の世界ではめったに聞かないぞ」

「え……」

僕はかなり驚いた。驚き、そしてふと、思い当たった。

それはつまり、今まで、ほかの世界で、シルクが相当つらい体験をしていたということだ。

そう思うと、早くシルクを呪《のろ》いから解いて、元の世界に帰してやりたいけれど……。


帰還のために必要な魔力はあとひとつ、「火」を残すのみ。

でも、実はそれが最大の難関だ。

「火」の魔力の持ち主は松原さんだ。僕は、松原さんが貴司兄さんに報われない想《おも》いを抱いていることも知っているし——シルクが実のところ、僕が誰《だれ》かと関係するのは複雑な気持ちでいるのだともわかっている。

そして僕自身もひどく、心が揺れていた。松原さんを抱くのも、抱かないのも、どちらもある意味でシルクのためなのだ。

なにより松原さんの気持ちを知っているからこそ、例えばフェロモンの力でもしそういう成り行きに持って行けたとしても、松原さんの純粋な想いに対する裏切り行為みたいな気持ちになるし……。

「ふぅ……」

バイトに来てからも、今日はどうしてもそのことを考えてしまう。

だから、どうも仕事がお留守になるというか、僕の意識は身体《からだ》のあちこちに行き渡らなくなっていたみたいだった。

だいたい魅了の術をかけられて、フェロモン体質になってからは、うっかり女の子に触ったりすると大変なことになるので気をつけていたんだけれど——今日はだめだった。

「あっ……」

「あ——ごめん！」

最初は、たまたまトレイを手渡しした時に、手がふれただけだった。

松原さんはたちまち真っ赤になり、すぐに僕から離れていった。

それだけだったら、それで済んだんだろう。

でも。

次には、レジ打ちでわからないところがあった僕に、教えてくれた松原さんの手が重なった。

「……っ！」

松原さんは息を呑《の》んだ。それから我に返って、手をひっこめた——だけど、けっこう長い間、僕と松原さんはふれ合ってしまった。

さらには棚の高いところにある砂糖のストックを取ろうとして、手を伸ばした僕に、少し足下のふらついた松原さんがぶつかってきたり。

落として割ったタンブラーを片づける手がぶつかったり。

ぼうっとしていた僕の動作がとろくなってるのと、何度もふれ合ってフェロモンの力が松原さんに働いてしまっているのの相乗効果、だったのかもしれない。

シルクは今日は、シルクさんと魔法の研究をすると言ってサクラギに顔を出していない。だから僕らはふたりだけで、嫌になるくらいぶつかり、接触し、そのたびに逃げ、とまどい——。

（まいったな……）

意識すればするほどぎこちなくなるのは、どこか恋愛感情を抱いている感じと似ている。もっとも、魅了の術——フェロモンっていうのはそうやって異性を惹《ひ》きつけるために出ているんだから、疑似恋愛状態になったって全然不思議じゃないはずだ。

それが、好むと好まざるに関《かか》わらず。

（……あんまり望ましくないから困ってるのに）

気がつくと、僕はまた考えてしまっていた。また、こういう日に限って、不意にお客が途絶えたりするから、考える時間ができてしまう。

壁際に立っていた僕が、ふう、っと何十回目かわからないため息をついた時だった。足りない紙ナプキンを各テーブルに補充していた松原さんが、目の前で、突然、

——こけた。

「きゃっ……！」

「危ない！」

手を伸ばした僕の腕の中に、松原さんが飛び込む形になる。

「だ、大丈夫？」

「——……！」

抱きとめた僕の顔を、おずおずと松原さんが見上げた。いつもきっ、とした光の強い、つり気味の瞳《ひとみ》が、じわっとゆるんだ。

「ま……松原さん?!」

松原さんが僕の腕の中から走り去って、控え室に逃げ込んだ。

そんな——泣かなくても……！

僕はあわてて追いかける。追いかけて、そのまま続いて控え室に入り、扉を閉めた。

「…………」

松原さんは乱した息を必死で抑えながら、入ってきた僕を見つめ返した。

「……——どうして」

「え？」

松原さんの目尻から涙がこぼれ落ちた。

「……わかんないよ！　どうして……どうしてあたし、拓也くんにどきどきするの？　そんなの……わかんない――……だって、あたし――……」

口ごもった松原さんに、僕は言った。

「……兄さんのこと、好きなんだよね？」

「拓也くん――」

松原さんの唇が震える。

「知って、た、……の」

潤んで黒目の濃くなっている瞳に、頷《うなず》く。

「……でも」

松原さんがかぶりを振った。そして、腕で自分の胸を抱きしめる。

「だめ――拓也くんにさわると、心臓が……おかしいの。身体が熱くなって……ヘンだよって思うんだけど、でも……」

はあっ、と熱っぽい吐息とともに、松原さんは言った。

「どうしていいか、わからない……」

「――松原さん」

ずるいと思う。本当はやってはいけないんだとも思った。でもやらなくちゃいけないとも思って――後者が勝った。

僕は、松原さんの腕を取ってぐい、と引き寄せた。そのまま、唇を奪う。

「んんっ……！」

松原さんの瞳が大きく見開かれた。舌をねじ入れ、わざと強引に中をねぶる。

「ぅ、んぅっ……！」

縮こまった小さな舌を探して吸い上げると、だんだん松原さんの身体の力が抜けてくる。

「ふ……ぅ、ぅぁ……」

唾液《だえき》を吸い、舌をしゃぶり尽くす頃《ころ》には、松原さんは全身脱力していた。

唇をはずすと、松原さんの目はもうとろんとしていて、だいぶ理性の光が消えかかっているのがわかる。

「ねえ、松原さん。松原さんが悪いんじゃないんだ。ともかく——今の僕は、ちょっと普通と違ってるんだと思う。松原さんが僕と触れておかしくなっても、松原さんのせいじゃない。それだけは言っておくね」

それでも僕は後ろめたさもあって、説明を付け加えていた。

「え……う、うん……」

松原さんがわかっているのかいないのか、ただ、頷いた。

僕は松原さんの身体から、そっと制服を引《ひ》き剥《は》がした。

「あっ——……！」

制服の首の赤いリボンをはずし、付《つ》け襟《えり》と一緒になったエプロンの上部を降ろす。大きく胸のくれたピンクのブラウスを脱がせると、真っ白なブラジャーが顔を出した。

「ぁん……」

頭のメイド帽も、独立した手首のカフスも、下着も、純白で。

あまりに白くて、それが逆に僕の心に火をつけた。

ふたりとも勢いなら。流されれば。それがいちばんいいと、僕らはわかっていたのかもしれない。

期待なのか不安なのか、松原さんの胸は震えていた。でもその先端で、チェリーピンクの突起が僕を待ってとがっている。

「ひっ……！」

僕の手は自然に乳房に伸び、張りのあるふくらみを揉《も》みしだいていた。

「あ……あぁ……」

下から掴《つか》み上げ、思いきり指を動かしても、つん、と軽く反ったラインは崩れない。僕はそれを崩そうとやっきになって、さらに強く手でこね上げた。

「んっ、あぁっ……ひ、ぁあっ……」

普通なら痛いのかもしれない。でも今の松原さんには、どんな荒っぽい愛撫《あいぶ》ですら快感になるようで、がくがくと身体を震わせ、甘い声を上げる。

「うぁ……んっ、あふ……」

やはり白いニーソックスに包まれた松原さんの膝《ひざ》が崩れそうになる。

「だ、ダ、メ……立って、られないよぉ……」

松原さんは後ろの壁に身体をもたせかけた。プリーツのミニスカートが、松原さんと壁の間に挟まれてめくれ、白いペティコートが僕の目を射た。

「向こう向いて。壁に手を突くんだ」

僕は命令した。松原さんは震えながら僕の言うとおりにする。こちらを向いたスカートの奥のパンティも真っ白だった。ただ、その中心は、中のやや濃い柔毛を透かして濡れている。

「――こんなに濡らして」

そのまま僕は、濡れた部分に指を押し込んだ。

「ああっ……！」

薄い布が花びらに食い込んで、くっきりとその形を浮かせる。わずかに見えるサーモンピンクの肉色が淫猥《いんわい》だった。

「んっ、んぁ……あくっ、ふ……ぁ……」

指を二本に増やして、布と一緒に中をこねると、それに合わせて松原さんのお尻が揺れる。太ももがぴりぴりと痙攣《けいれん》しているのがわかった。

「ぐしょぐしょじゃないか」

「や……い、言わないで……」

「ほんとのことだろう？」

僕は布越しの感触がもどかしくなって、薄いパンティを引きずり降ろした。

「あっ――……！」

松原さんが壁にすがるように身体を縮める。

なめらかな太ももの奥にある松原さんのアソコは、もうたっぷり蜜《みつ》を含んで、僕の前で無防備にむき出しになっている。

「すごいよ。わかる？　ここ。どんなになってるか」

僕はもう一度、今度はナマの感触を味わうために指をねじ込む。

「んっ、あぁっ……！」

「こんなに熱くして――よく我慢できたね」

「う……ぁ、ぅうっ……」

困惑したようにかぶりを振る背が、細い。犯されたがっている者の弱さが、見えた気がした。

僕は、ウェイターのズボンの下でかちかちになっていたモノを抜き出した。ファスナーを開けて取り出すと同時に、ペニスがたちまち天を向いてそそり立つ。

もう止まらなかった。

「あぁぁぁぁっ——……！」

先走りでぬるつく先端を、もうびしょ濡れの秘所に突っ込むと、松原さんの身体が激しく硬直した。

「や、あぁぁ、うあぁぁぁっ……！」

「そんなに叫ぶとお店中に聞こえるよ」

僕は言いながらも、ぐいぐいと腰を進める。

「うぅ……ひっ——あぁ、や、くる……！」

こらえようとしてもこらえきれない声を絞り出しながら、松原さんは壁を掴み、背を緊張させた。

「んっ、あぁぁっ、う……は、や……き、気持ち……いい……」

ピストンするたびに、松原さんの蜜が溢《あふ》れ、太ももの内側をこぼれ落ちてニーソックスまでもを濡らす。とろみのある液体が、ぐちゅぐちゅと突かれるたびに白濁して、花びらが泡にまみれて生々しい。

「気持ちいいだろう。ずっと待ってたんだろう？　こうされるのを」

「あ——う、ひぁっ……」

僕の手の下で、松原さんの尻肉がぱん、ぱんと音を立てる。

「う、ああんっ……や、あ、あたし、……どう、しよう——……」

僕を包み込んでいる秘壁が小さく、やがて大きくうねり始める。

「んっ、あふ、や、く、くる、よぉ……」

松原さんがかぶりを振るごとに、ボブの髪が揺れてさらりと音を立てる。

「イキそうなんだろう」

「うっ……！」

僕が言うと、松原さんはせつなそうな顔をこちらに向けた。

「いいじゃない。イッちゃえば」

そのまま抽挿《ちゅうそう》を速めて、奥まで貫いたところで止めてやる。

「あぁぁあっ――……！」

先端で子宮口をえぐっては突き、こねては揺らしてやる。

「ひいっ、あ、――んっ、あぁぁっ、や、だ、ダメ……あ、あたし、いっちゃうよぉ……っ――！」

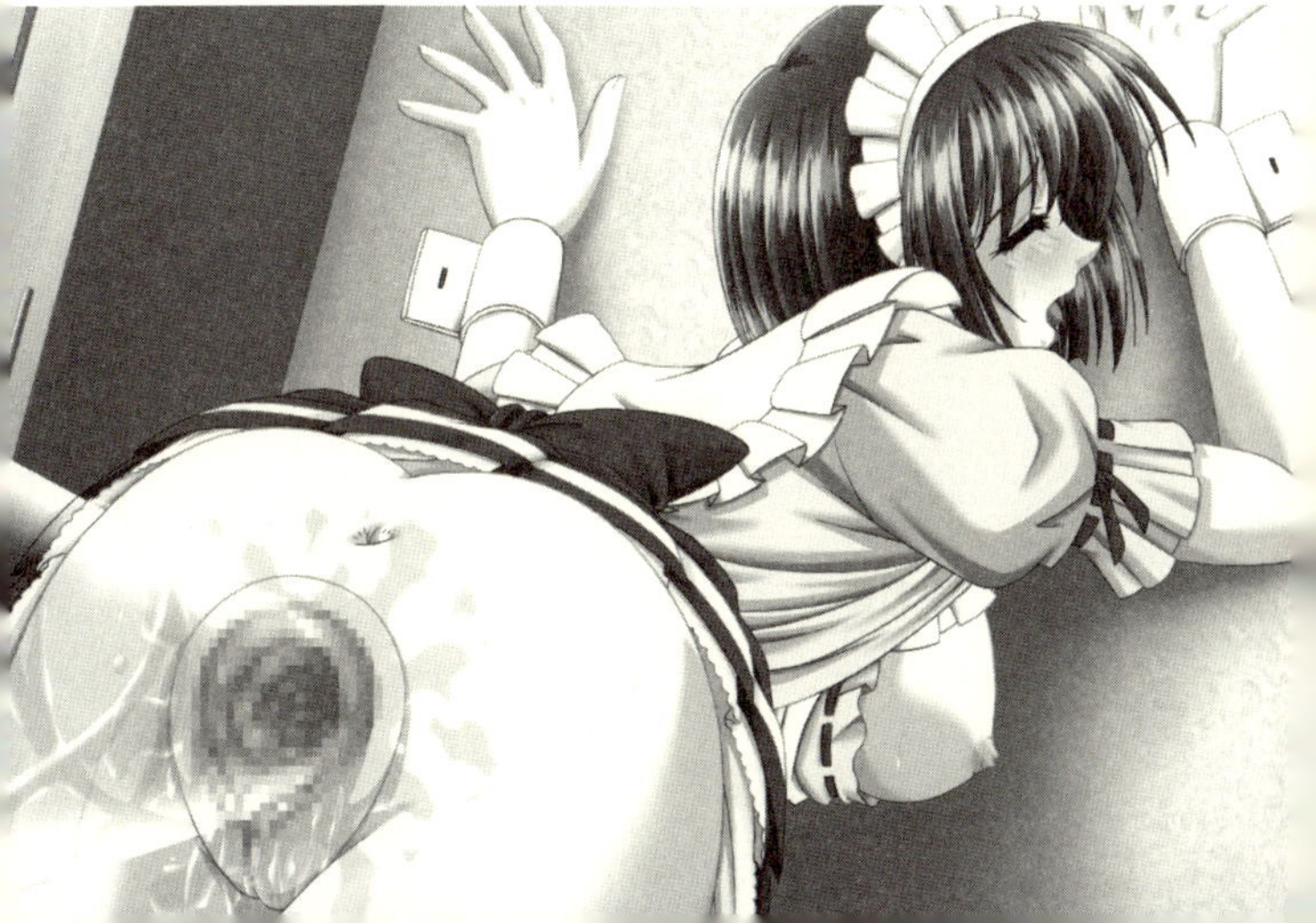

「イキな、ってさっきから言ってるじゃないか」

ぐん、と亀頭を押しつけた奥が、びくんと震えた。

「あひぃっ……！」

小さな間があいて。

「あぁぁぁぁっ、や、やぁぁぁっ、い、いっちゃうぅっ……！」

熱っぽいうねりが僕自身を激しく揺さぶった。

（く――……）

僕ももうあおっている場合じゃなかった。腰をぶつけるようにピストンをすると、壁と僕に挟まれた松原さんの肢体が魚みたいに跳ねた。

「あぁぁぁ、も、う、あぁぁぁんんっ……――！」

はあはあと荒い息をついて、松原さんは泣きそうになっていた。

「ゆる、し、て……あ、ぁあっ……」

松原さんが興奮と絶頂で真っ赤になって僕に訴えてきた時、僕ももう、堪《こら》えきれない欲望を、松原さんの汗ばんだヒップの上に吐き出したところだった。


それからたぶん僕は、一応バイトの仕事をこなしたんだと思う。あんまり記憶はなかったけれど。

松原さんは早退した。お客さんもあまり来なかったから、兄さんは簡単に許してくれた。

……もしかしたら僕と松原さんの間になにが起きたのか、知っていたのかもしれない。

家に帰って部屋に入ったら、そこにはシルクがいた。カジュアルな私服姿のシルクは、最初に着ていた神話めいた衣装に比べると、だいぶこの世界の人間っぽく見える。

でももうすぐ、シルクは――。

「……ありがとう、拓也」

目が合うなり、シルクは僕に深く頭を下げた。

「シルク――」

「これで、四つの魔力が全部集まった。どの元素も、とても強力な魔力だ。時さえ選べば、わたしは元の世界に帰れる。――全部、拓也のおかげだ」

シルクの表情には、なにか奇妙な感慨みたいなものが見えた。

帰れる喜びだけでなく、別れのつらさだけでなく、あらゆることがごちゃ混ぜになったような顔を、シルクはしていた。

白い指を胸に重ね合わせ、シルクが言葉を継いだ。

「マツバラの持っていた『火』の魔力――象徴するのは情熱、生命力……そして、もうひとつは」

シルクが吐き出すように言い切った。

「——『隠れた感情』」

「…………！」

僕はシルクの顔を見た。シルクはかすかに苦そうに笑った。

「その顔では——マツバラの隠れた感情を、拓也は読んでいたようだな」

「……うん」

頷いた。痛む胸をこらえて。

「そうか……それならばまた、拓也につらい想いをさせてしまったな」

シルクは目を伏せた——が。

「そうだ！」

それを無理矢理振り切るように、シルクは突然叫び、笑顔を造った。いつもの自慢げな口調に戻る。

「おまえに礼をしなくてはな。何がいい？　……おまえが気に入った娘との縁を取り持ってやるというのはどうだ？　まあ、最初の手助けくらいに近いかもしれないが、後々うまくいく可能性は高くなるぞ。悪くない申し出だろう？」

「——いや」

僕は首を振った。

「……いらないよ、お礼なんて」

自分でも、声に力がないのがわかる。

「それより――もう必要ないはずだから、僕にかかっている、《魅了の術》を解いてよ」

「あ……ああ」

シルクは口ごもった。少し考えてから、言う。

「――やっぱり、不満だったか。たくさんの女たちが拓也に群がるのは……嫌か」

「嫌だよ」

僕は即座に首を横に振った。

「もしかしたら、ほかの男なら喜ぶのかもしれないさ。でも、僕は嫌だ。僕はいらない」

「そう――か」

シルクを見つめつつ、考える。

（……シルク）

きれいだと、素直に思える。そして、そのつらい運命に力を貸してあげられたら、と思う。

胸を突き上げる、想い。

つい最近見つけたばかりのほのかな想いは、あっという間に僕の中で成長し、今、姿を現そうとしている。

僕は小さく笑った。

「僕が縁を結んでほしいのは――魅了の術なんて効かない相手なんだよ」

「何？」

シルクが眉《まゆ》をひそめる。

「それにきっと、シルクの魔法だって効かないよ」

「拓也……？」

「――だって」

僕は顔を上げてシルクを見つめた。

「ほしいのはシルクなんだ。縁を結んでほしいのは……シルクとだよ」

「拓、也……」

シルクの目が大きく見開かれる。濃い睫毛《まつげ》が、不思議な色の瞳を何度か覆い、また開くのを、僕はすごく美しいと思った。

「つらい想いをさせた、って、シルクは言う。でも……シルク、きみがいなくなってしまったら――……」

その後に続く言葉が言えなくて、僕はシルクの手を掴んだ。その肌がひんやりとしている。いや、僕の手が熱いのかもしれない。

僕は続けた。

「シルク、きみは僕が好きだって言ってたね。シルクさんときみがしゃべっているのを、僕は聞いたんだ。それが本当なら――」

そう、もし本当なら。

僕を、受け入れてくれ――。

「た、拓――んっ……！」

シルクの言葉は最後まで音にならず、僕の唇にかき消された。


ぎゅっと背中ごとシルクを抱きしめる。指を金の髪に通すと、さらさらとひどく心地いい。ほかのどの女の子にふれても、こんなに抱きしめていて嬉《うれ》しいと思えなかった。

男は気持ちがなくても女性を抱けるのかもしれないって言う。実際、ある程度のところ、それは真実だ。

でも本当に気持ちがあれば、それがなにより重要なことは、こうして実際に好きな女の子が腕の中にいるだけで、わかることだ。

「ん、ふ……」

唇をふさがれて、シルクが眉をしかめる。拒否、というよりも、困惑している顔。

「ぅ……」

いつもは偉そうな言葉を発するその口を、僕は舌でふさぎ、味わい、唾液を飲む。シルクはどこか、清潔な甘い香りがする。

薄い長袖《ながそで》の上衣をめくり上げた。

「あ、っ……」

シルクが緊張する。隠そうとする手を外して、下着をずらし、そのてっぺんにキスをした。

「っ――ぁ、ぅ……！」

唇を噛《か》みしめたシルクが首を横に振る。

「拓也……やめろ、頼むから――」

「やめられないよ。――だって」

ちゅっ、と音を立てて吸い上げると、たちまち乳首が勃起《ぼっき》する。

「あぁっ……！」

「シルクだって嫌がってないじゃないか」

「でも――あっ、や――だ、だめだ……そんなことを、したら……」

背をかき抱いて、胸の間に顔を埋めるようにして、白い肌を吸う。

「なんで？」

「……だめだと言っているのに――じ、従者のくせに、わたしの言うことが……き、けないのか――……」

「聞けないんじゃなくて」

僕はシルクをベッドに腰かけさせ、あらわになった胸にキスを降らせる。

「聞かないよ」

「っ、た、拓也……！」

「従者の反乱でもいいよ。従者、クビにしてよ」

ぎゅっ、と胸を掴む。

「あ、うっ……！」

微妙な力で、指の間に挟んだピンクの突起をこねると、シルクは細い声を上げた。

「僕が――桜木拓也が、シルクを抱くんだ」

「拓也……あ、うぅっ……」

シルクは、胸を愛撫し続ける僕の頭を、軽く抱きしめるようにした。

「――……わかった」

シルクが大きく息をついた。

「今だけ――拓也は、従者の立場を剥奪《はくだつ》する。……好きに、しろ」

顔をそむけた。

「シルク」

僕は一瞬びっくりして――でも、気づいた。頬が赤い。照れているんだ。

シルクは本当に素直じゃない。

「シルク……」

でもそんなシルクがかわいくなって、僕はもう一度その顔を包んでキスをする。

「っ……――」

シルクの声が震えた。

「……どうして、そんなに――……」

(優しいキスを、するんだ)

不意に、声が頭の中に響いた。

(シルク？)

そうか。

僕は悟る。《通意の術》の効果は消えていない。接しているからさらに強力だ。シルクの想いが、流れ込んでくる。

(帰れなく、なるではないか)

涙混じりの想い。

(そんなに優しくされたら、どんどん帰るのがつらくなる――……)

(振り切ろうと思ったのに)

(わたしの想いなど、封じ込めてしまおうと思っていたのに)

「シルク――……」

胸が、痛い。

「シルク、来てよ」

「……え？」

僕はベッドに身体を横たえた。

「従者をクビにしたんだろう？　僕が命令してもいいよね。――下着取って、ここに乗ってよ」

「……拓也――」

やさしくしたら。

シルクがつらくなる。

「――早く」

シルクが唇を噛んだ。

服をそっと脱がせるとか、全裸で相手を確かめ合うとか、そんな恋人同士みたいには抱いちゃいけない。

好きでも。

どんなに好きでも――。

「……ああ」

シルクにもまた、僕の気持ちは伝わっているはずだった。

シルクは自分でパンティを脱ぎ、ベッドに登ってきた。

「ほら」

僕は、ジーンズのジッパーを下げて、反り立ったものを手で支え持った。

「ここだよ」

「…………」

シルクが僕の上に、膝立ちになる。

黒いスカートから覗《のぞ》く白い太もも。中の花びらはだいぶ潤って、濡れている。

「ほら、シルク」

僕はシルクの腰を掴んで、引き下ろした。

「っ――……！」

ぐちゅ、と鈍い音がして、先端がシルクの中にもぐり込む。

「ぁ――……」

僕は目を閉じた。ただ、僕の中心が、シルクを感じる。

「んっ、ふ……ぁ……」

シルクが息を吐き出して、腰を徐々に沈めていく。柔らかな粘膜がペニスを取り巻き、サオをくるんでいく感覚。

「く……──」

濡れてぬるつく肉ひだが、僕の根元まで降りてきたのが、わかった。

目を開く。

「ぁ、ぅ……ふ、ぁ──……」

「シルク──……」

僕のモノを蜜壁で咥《くわ》えているだけで、シルクの身体が熱くなってくるのがわかる。

感じる？　シルク。

僕がここにいることを──。

「っ、は──あぁぁっ……」

耐えられなくなったのか、シルクが腰を動かし始めた。

「あぁ、くっ……んっ、あふ……うぁ……」

奥まで肉棒を埋め込んだまま、腰をグラインドさせる。

「ひ……ぁ、あぁ──……」

「すごいじゃん、シルク」

僕は言った。軽く睨《にら》むようにして。

「僕のお腹のところ、ジーンズがぐちょぐちょだよ」

「っ──……ぁ、あ……──」

それでもシルクは何も言わず、腰を振り続ける。たらり、とまた、ジーンズに愛液がこぼれ、布にしみを作った。

「は、あ……う、あ……んっ、あ――……」

だんだん、シルクの奥が震えてくるのがわかる。スカートは腰の辺りまで完全にまくれ上がって、揺れるウエストのところにまとわりつく。なんだか少し陵辱しているような気持ちで、僕はせつなくなる。

「う……んっ、あぁ、――……た、拓也…………」

と、シルクが僕の名前を呼んだ。

自分の身体を抱きしめていた腕をほどいて、僕の身体に手を突く。

「だめだ――……拓也、頼む……拓也、も、動いて――……」

シルクの哀訴が、僕の胸を掴む。

わかっていた。

ただ抱けばいいのだと。

今は、そうするしかないのだと。

「――うん」

言って、シルクのヒップを抱き寄せて、僕は下から腰を突き上げた。

「っ……あ、あぁあっ……‥…!」

シルクの全身が緊張する。僕はひたすら、リズミカルに抽挿を繰り返す。

ふっと思う。

これが最後になるのかもしれない――。

シルクが帰ってしまえば、これがシルクを抱く、最初で最後なんだ。

「シルク……！」

僕はシルクの名を叫んだ。

「拓也――……あぁっ、う――……！」

ぐいぐいと突き上げる。シルクの一番奥まったところを感じるために。熱いひだのざわめきを、忘れないように。

「あぁ、拓也――……拓也、んっ、す、ごい……あっ、あ――……！」

シルクの動きに合わせ、時には反して、僕は奥をえぐり、蜜壁をこすり上げる。ひくん、と呼吸するようにシルクの中がうねっていく。

「う……ぁ、だ、だめ、だ、……あぁんっ、い、いく…………！」

シルクの声がひきつった。

同時に、僕を包んでいる肉壁が大きく震えて、僕をぎゅっと締めてよじれる。

「……ひ、あぁぁっ――！」

シルクの手が、僕の肩を固く掴む。

「あ、うっ、あぁぁぁぁぁぁぁぁ――……！」

ひどく激しい収縮が訪れて、僕の性感が一気に脳天まで突き抜けた。

「シル、ク……！」

「拓也――あ、拓也、い、いくぅうぅぅぅっ……！」

シルクの腰ががくがくと揺れて、僕はその衝撃とともに大量のザーメンをシルクの中に吐き出した。

シルクの中に痕跡《こんせき》が残ればいいのに――僕は快感の中で思う。

帰ってしまうシルクに、僕がこの世界にいたという証が、なにか。

「ひ、ぁぁぁっ……う――……」

すべての樹液を受けとめて、シルクが全身をまだ痙攣させたまま、僕に覆いかぶさるように倒れ込んできた。息が熱い。

「は、ぁ、う………」

そして僕は、シルクのきつく閉じた目尻に、汗とは違う透明な液体が浮かんでいることに気づいた。

でも――どうにもできなかった。

「はあ……はぁ……――ぁ、ふ……」

やがてそのしずくは、汗まみれの僕のパーカーの上にこぼれて、消えて見えなくなってしまった。

第五章　帰るべき場所

もし帰還の魔法を使うなら、満月の晩を選ぶのだとは、聞いていた。

満ちた月は、魔力を高めてくれるらしい。満月には不思議な力があるという話は確かに聞く。それは、僕らの世界にも、目に見えないけど魔力が秘められている、ということのある意味の証明になるのかもしれないけれど。


夜、ふと気がつくと、シルクが部屋にいない日が続いた。

そういう時、たいていシルクはベランダにいる。

手すりにもたれ、ずっと空を見上げて——毎日毎日、少しずつ、だが確実に満ちていく月を見上げているのだと、僕は知っていた。

それは、たとえ言葉にしなくても、シルクが元の世界に帰るのだという証拠にほかならない。

いたたまれなくなってリビングにいくと、そこにはシルクさんが真剣な顔をして座っていた。

テーブルの上に置いてある、四つの水晶球。

その珠《たま》の上に手をかざし、シルクさんはなにやら小さな声でぶつぶつと呪文《じゅもん》のようなものを唱えている。

赤、青、黒、白。

赤が火、青が水、黒が地、白が風。

世界を構成する四元素の魔力をそれぞれに封じ込めた、強力な水晶球だ。

つまり——僕が、女の子たちを抱くことで得てきた力が、ここにある。

シルクの帰還のための、珠だ。

それを見ているのもつらくて、僕はキッチンに逃げた。と、入れ替わりにシルクがリビングに入ってきた。

「……どうだ」

シルクさんに声をかける。

「ああ——魔力の純度も高めておいてあるからな。もう完璧《かんぺき》だ」

「そうか。……おまえもなかなかやるな」

シルクがにやりと笑ってシルクさんを見た。

「当たり前だ。……こういう言い方もしゃくだが、元はおまえと同じ人間なのだぞ。どれくらい魔法の力があるかわかろうと言うものだ」

「それもそうだな」

シルクがくすっと笑った。だが、すぐに目を伏せて、言葉を継いだ。

「しかし、皮肉なものだな。……もう、あの世界に還《かえ》ることのないおまえに、わたしが帰るための協力を仰ぐとは」

シルクは一息置いて、吐き出すように言った。

「……すまない」

「何を言っている」

シルクさんは笑い出した。

「たまたまわたしが、おまえと違う世界を通ってここに来て、その経験で魔力を純化する方法を知っているだけだ。もうわたしは魔法も使えないし——貴司のいるこの世界にいることに、わたしは満足しているのだぞ」

「ああ……そうだな」

ぽつりと、シルクが付け足した。

「そういう人生を、おまえは選んだのだよな」

「そうだ」

シルクさんは迷うことなく言い切った。

さらに顔を伏せるシルクの肩を、シルクさんが叩《たた》く。

「——心は決めたのだろう？」

「……ああ——決めた、つもりだ。だから、こうやっておまえに、水晶球を託しているではないか」

「そうだな」

シルクさんが頷《うなず》く。

「ともかく——満月は明日だ。わたしがおまえに言えるのは、ひとつだけだ。……後悔だけはしないようにしろ」

「……わかって、いる」

シルクも強く、頷いた。

僕はそこまで聞いて、キッチンの片隅で目を閉じた。


次の日。

いつも通りに——いや、むしろいつもより早く店に行って、控え室でウェイター服に着替えようとしている僕に、ボウルを持った兄さんが現れて声をかけた。クリームを混ぜる手を止めて、言う。

「……今日は休んでもいいぞ、拓也」

「え？　どうして？」

「どうして、って」

貴司兄さんがきょとんと僕を見た。

「……今日はシルクが帰る日だろう」

「――そう、だけど」

今夜は満月。外はいい天気だ。遅くなっても崩れないと天気予報で言っていた。きっと夜空に煌々《こうこう》と照る、明るい大きな月が出ることだろう。

魔力を高めるのに十二分な、真円の月が。

「だったら、そばにいてやればいいじゃないか」

当然のこと、というふうに兄さんが言う。

「――いいよ」

僕は首を振った。

「シルクとシルクさんがいれば問題ないことなんだし」

「でも」

「いいんだってば」

僕は言い切った。

「――いいんだ」

念を押すように言い添えると、兄さんは黙った。

「……わかった」

また兄さんは、何事もなかったように泡立て器を使い始めた。

たぶん――わかってもらえたんじゃないだろうか。

シルクは帰るのだから。

名残《なごり》を惜しめば、僕だけじゃない、シルクもつらくなる。

「おはようございまーす……あら、早いのね、拓也くん」

彼女もバイトに入る時間なんだろう。控え室に顔を出した松原さんが、僕に笑いかけた。

でももう、僕を意識したりはしていない。《魅了の術》は、この間シルクに解いてもらったんだ。

これでもう、シルクが帰ってしまえば——元に戻るはずだ、なにもかも。

きっと。


時の歩みはのろかった。特に日が暮れてしまってからは。

時計の針は見るたびに同じ位置にあるように見えた。短針なんて全然、動く気配も僕には見て取れない。

「……拓也くん」

松原さんが僕のそばに近づいて、小さな声で言った。

「——帰った方がいいと思う」

「え？」

「そんなに気になることがあるなら、行った方がいいよ」

松原さんは言いにくそうに継いだ。

「だって今日一日、ずっと時計しか見てないよ、拓也くん」

「………」

「お店はあたしひとりでなんとかできるよ。もうお店閉めるまで、そんなに時間あるわけじゃないし」

「だけ……ど」

僕はそこで言葉を失った。

「あのね」

松原さんが、不意に僕の顔を見つめた。

「……店長から聞いたの。シルクちゃん、帰っちゃうんだって？」

「あ――……」

「拓也くんの様子がおかしいから訊《き》いてみたの。遠いところへ行っちゃうから、もう逢《あ》えないかもしれないって」

松原さんはひどく、じれているように見えた。

「それならなおさら、行かなくちゃじゃない。もう逢えないなら」

「松原さ……」

「今しかないんでしょ？　そういうことだよね？」

ああ――。

僕は何か、たいへんなことを忘れていたのかも知れなかった。

そうだ。

帰ってしまえばもう、シルクには二度と。

決して。

逢えない。

と、松原さんが、僕の手からトレイをひったくるように取った。

「――あたしが有能なバイトで、手際がよくて、たくさんのお客さんもひとりでさばけるのは、拓也くんも知ってるでしょ？　店長のお墨付《すみつ》きなんだから」

そして、ウィンクをひとつ。

「だから早く行きなよ。ね？」

そのまま僕を振り返ることなく、さっさとテーブルの上を片づけ始めた。

「……松原さん、ありがとう」

僕は松原さんの背中に向かって深く頭を下げた。松原さんはきっと聞こえているんだろうけど、そのまま仕事を続けている。とても、手際よく。

そして僕は店の奥に飛び込んだ。着替えようかと一瞬思ったが、そんな場合じゃないことも瞬時にわかった。もう、月の出ている時間なんだ。――満月が。

ウェイター服のまま通用口を飛び出した時、暖かく強い手にひとつ、背中を叩かれた。手の持ち主は貴司兄さんだとわかっていたけれど、僕は心の中でお礼を言って、ただひたすら、家に向かって全速力で走った。

心臓がこわれそうだ。膝《ひざ》ももう、言うことをきかない。

玄関のドアノブに、崩れ落ちるように手をかける。インターホンを鳴らしても返事がない。シルクさんとシルクが中にいるのはわかっている——人の気配がある。でも答えがないということは、おそらく、手が離せない状態にもうなっているということだ。

僕は震える手でポケットから鍵《かぎ》を取り出した。かちゃり、という、鍵の開く感覚。ばん、と大きくドアを開ける。

「——シルク!」

絶叫、した。

なんとか靴を脱いで、中に入った時。

「拓也……——!」

シルクさんの声が僕の耳に届いた。

僕は、走りすぎたおかげで頭を血が駆けめぐって、はっきりしない視界の中で居間を見る。初めて、シルクが落ちてきた、その場所。

そこは、金色の光の海だった。

ひらひらと——最初に僕が見た、あの金の破片《かけら》が空気を満たしている。

床に書かれた、僕には読めない文字で構成された魔法陣。うっすらと輝いているのは、なにか特殊な魔力を秘めたもので書かれてるからなんだろう。

そしてその大きな魔法陣の真ん中に。

シルクが——もう眠るかのように、横たわっていた。

駆け寄ろうとする僕の腕を、シルクさんが掴《つか》む。

「魔法陣に入るな。危険だ」

「でも——」

じゃあ、せめて。

言葉だけでも。

「シルク！」

僕は大声で言った。光が強くなる。金の粉が空気をさらに満たしていく。《転移》へと、時は近づいているのだ。

シルクは横たわったままうっすらと目を開き——その視線は泳いだ末に僕をつかまえた。表情が明らかに、動く。

「拓、也――……！」

「――シルク、僕は……僕は――」

息を継ぐ。思いきり、次の言葉のために。

「……行かないでよ、シルク！　離れたくないよ……好きなんだよ、シルクが！」

「――……」

シルクの眉《まゆ》が歪《ゆが》んだ。

「……もう、儀式は最終段階だ。どうやっても止めようもないんだぞ」

僕の腕を強く押さえつけているシルクさんが、つらそうに耳元で言う。

それでも僕は、言わずにはいられなかった。

「好きだよ。シルク、好きだ――……！」

かぶりを振る。

「好き、だよ。大好き――だ。……愛してる、シルク！」

シルクはゆっくりと、瞬きをした。こぼれ落ちた透明な液体が、頬《ほお》を濡らす。

「――すまない、拓也」

シルクは小さく微笑《ほほえ》んだ。

「五百年の、夢だった。……あの孤独を耐え抜くための、希望だった。わたしの場所へと、戻ることだけを頼みに、どんなにつらいことでも、耐えた」

「シルク……」

「だから——……」

シルクは目を閉じた。

「頼む」

「ああ」

シルクさんが、僕から離れて、手を不思議な形に組んだ。

「火と、水と、土と、風の魔力よ。そこに生まれし精霊たちよ。——我が声を聞け、我が歌を聴け——……」

朗々としたシルクさんの声が、部屋に満ちた。その後に、僕にはわからない言葉も時折挟まれ、呪文の詠唱が続いていく。

徐々に金の粉が、真ん中にいるシルクを包むように渦を巻き始めた。

あふれる黄金の光に包まれて、横たわるシルクが、唇を開く。

「……我は願う。我が身を疾《と》く運び、世界の壁を越えさせたまえ——！　我を運べ——『我が真にいるべき場所』へ！　『我が本来の住み地』へ——……!!」

聞き慣れた高貴な声が、響き渡った。

瞬間。

ふわり、と、シルクの身体《からだ》が宙に浮いた。そのまま、光の渦に巻き込まれ、見えなくなる。

「あっ……」

シルクが来たあの日と同じように、激しい雷鳴と電光が辺りを切り裂いていく。

ただ、あの日と大きく絶対的に違うのは。

シルクは去っていくのだという、ことで。

それをシルクは狂おしく願い、そのことだけを考えて、五百年もの孤独を耐え抜いたのだから——。

と。

(……わたしもだ)

小さな声。

(——わたしも、おまえが、好きだ、拓也)

意識が流れ込んでくる。ごくごくかすかだけれど、シルクの気持ちが——。

「シルク！」

僕は再び絶叫した。だけど、雷の音にかき消されて、声は届きそうになかった。

どれほどの時が流れたのか。

光の渦がかき消えた時には、もう——シルクの姿は、なかった。

僕は、からっぽの魔法陣の前にたたずんで、思う。

つまり、シルクは、いないのだ。

それが残された、ただ一つの事実だった。


それからも、当然ながら時は止まるわけではない。僕の気持ちがどうであろうと、日常は続いていく。

バイトにも行った。大学にも行った。

でもきっと、行っていた、だけなんだと思う。大学はまだしも、バイト先では相当兄さんや松原さんに迷惑をかけていたんだろう。でも彼らはやさしくて、なにも言おうとしなかった。

今日も僕は、うつろな気持ちのままバイトに出る。

空いた席に案内し、水を運ぶ。

「……いらっしゃいませ。ご注文は」

いつも通りの言葉。マニュアル通りだから、言える言葉。

「あら、拓也クン。……元気ないけど、大丈夫？」

声をかけられて、僕はお客さんの顔を見た。

（あれ……？）

ベージュのスーツを着た女性だった。長い髪をバレッタでひとつにまとめて、細いフチのメガネをかけている。きれいなひとだけれど……誰《だれ》だったろう？

「いやだ、わからない？　あたしよ、かおり」

そう言ってメガネを外して笑った顔は——確かにそうだ。バニー居酒屋のかおりさんだ。

「かおりさん——ごめん、わからなかった。なんか……雰囲気が違って」

「それはそうかもしれないわね。オトコノコって、女性が服装とか髪型を変えちゃうと、誰だかわからなくなるって聞いたことあるし」

苦笑を浮かべてかおりさんが言う。

「——あたし。あのお店、辞めたの。今は普通のＯＬよ。昔経理をやってたことがあって、今度もやっぱりそういう関係の仕事」

「……そうだったんですか」

ふうっ、とかおりさんが息をついて、言った。

「パソコンと向かい合う毎日だから、肩こりとか、ひどいけどね。だけど……こっちの方が、あたしには合ってたみたい」

かおりさんは、僕が運んだ水をこくん、と一口飲んだ。

「バニー姿で、人に見られることが楽しかったこともあったけど……今はお客さんにお愛想言わなくてもいいし、ずっと気が楽。何だか、……あたしがあたしのままでいられる感じもするし」

にこっと笑って、かおりさんが僕を見た。

「会社帰りに食べるサクラギのケーキはおいしいしね。えっと、パンプキンパイとダージリン、お願い」

「あ……はい、かしこまりました」

僕は頭を下げて、かおりさんのテーブルを辞した。

伝票にオーダーを書きつけ、紅茶とケーキの準備をしながら、ふと思う。

かおりさんには、「土」の魔力が秘められていた――。

（シルクが言ってたっけ。土の特徴は確か、安定と寛容、それから……母性）

僕はそっと、かおりさんの横顔を伺い見た。あの日つけていた真っ赤なルージュはもうなくて、やっぱりベージュっぽい、落ち着いた色の唇だ。

それが、とても、自然で。

あの時、シルクは言っていた。

『でも、それがかおりの真実だ。つまりは、今のかおりの姿は、彼女本来の姿ではないということになるな』

（……シルクはもうあの段階で、本当のかおりさんがわかっていたんだ）

紅茶の葉を蒸らしながら、僕は思う。

かおりさんは今、きっと真実の姿を得ているんだろう。だからあんなに、ナチュラルな顔をしていられる。

ならば。……僕の真実は、どこにあるんだ？


——今の僕は、空虚な毎日の連続だ。どうしようもないから、ただ呼吸をし、食事を適当にして、生きているだけみたいな気がする。

そんな生活に真実なんて、ないんだろう、きっと。

とすれば。

（……シルクが真実だったって、ことなのかな）

あんなにほしいと——いなくなったらやっていられないと思うほどの衝動は、たぶんこれまでの僕には、一度もなかったことだ。

だけどもう、シルクは、いない。それは認めなくてはいけない事実なんだ。

だったら。

そんな僕に今、できることは——。


紅茶を蒸らす時間を計る砂時計を見ながら、僕はひとつの結論にたどり着いた。

（ちゃんと毎日を、生きていくべき……なんだろう、な）

僕は大きく息を吐き出した。

自分の世界に戻ったシルクは、五百年越しの願いを叶《かな》えたということだ。

それを祝福しよう――そして自分は、きちんと暮らしているのだと、胸を張れるようになろう。

もういないシルクにしがみついても、なにも始まらない。

（――そうだ）

ようやく僕は少しだけ、自分のいる状況を理解し、すべてを割り切れるようになりつつあった。

（シルク。きみの従者なんだから――きみが好きだと言ってくれたんだから、僕は）

砂時計が落ちきった。かおりさんのオーダーしたダージリンの葉がポットの中でお湯に蒸らされて開き、香気を立てている。

（僕は――がんばるよ）

シルクに届かないのはわかっているけど、僕は言いたかった。

背筋を伸ばして立つ。トレイにポットと、温めたティーカップをのせ、ミルクを添える。

パンプキンパイと、小さなナイフにフォーク。書き終わった伝票。

「——おまたせしました！」

かおりさんの前に、注文の品を置いていく。

「おいしそう。……それに拓也クン、ちょっと元気になったね」

「そうですか？　うん、そう——ですね。元気にならなくちゃって、思ったんです」

「うん」

言って、かおりさんは僕が注いだ紅茶に口をつけて、にこりと笑った。なんだかあったかい微笑みで、その笑顔には、どこか母性が見えるような気が、僕にはした。


僕が元気を取り戻し始めると、兄さんやシルクさん、松原さんに常連のみんな、それに学校の友人たちも、明らかにほっとしたように見えた。

きっと腫《は》れ物《もの》に触るように接してくれていたんだと思うと、申し訳なくなる。

もちろん、胸はまだ痛むけれど——それでも、時が癒《いや》してくれるものもあったから。

僕はなんとか進んでいけたんだと思う。

知らない世界にいる大切なひとに、想《おも》いを馳《は》せながら——。

と、そんな、ある日だった。

「今日は僕がお茶いれるよ。ちょっと作ってみたいアレンジティがあるんだ」

「へえ……」

夕食の後で僕が兄さんに言うと、兄さんが目を丸くした。

「——どんなメニューだ？　うちの店にはないやつか」

「うん。だから、楽しみにしてて」

この間テレビで見た、フルーツが何種類か入った紅茶っていうのを、ちょっと作ってみようかと僕は思っていた。単純に、おいしそうだったからなんだけど。

「期待しているぞ、拓也」

「うん」

シルクさんに言われて、僕は笑って頷いた。あのシルクにそっくりな口調や声にも、もうだいぶ平静に対応できるようになっていた。

だから、大丈夫だ、僕は。

ひらり。

目をこする。

キッチンに向かおうと立ち上がった僕の前に、なにかが落ちてきたような気がした。


ひらり。


まただ。

でもこれは――この、金の、ごくごく小さな、破片は。

とてもよく、見覚えのある。

（まさか――！）

「……兄さん、シルクさん、これ――」

僕が空中を指し示すのと同時に、兄さんもシルクさんも気づいたみたいだった。

「また――《転移》か！」

「おいシルク。きみにはほかにまだ分身がいるのか？　それともほかに呪《のろ》いのかかった人間が？」

「――わからん。推測もつかない」

シルクさんと兄さんが口早に会話をする。

僕はただ、空中の一点を見つめていた。

とどろく雷鳴。満ちていく、金の光。大気を割く電光。みんな同じだ、あの日と。

そして。

「……シルク?!」

空中に現れた、シルクそっくりな金髪の女の子――服からなにから、全部同じだ。

でも。

シルクは故郷に帰ったはずだ。

僕はふらふらと、女の子の下に歩み寄る。あの時と一緒なら、きっと彼女は、地上に落ちてくる――。

しばらく緊張の時が流れて、やはり。

ぷつん、と、糸を切ったように、彼女は落下してきた。

僕は構える。今度はあわてないように抱きとめて、ソファに下ろした。

「……シルクそっくりだな」

兄さんが思わずつぶやき、しまった、という顔をした。

「――ある意味、またわたしの分身だろうことは間違いなさそうだが」

シルクさんが慎重に言葉を選ぶ。

僕はただ無言で、彼女を見つめていた。

あのシルクなのか、そうではないのかわからないけれど、僕の目は吸いつけられてしまう。シルクにそっくりだからこそ。

やがて。

ようやく、彼女のまぶたが、かすかに動いた。

「――起きるぞ」

「しっ」

シルクさんが兄さんを諌《いさ》める。

ソファに横たえられた少女は、うっすらと目を開き――何度か瞬きを繰り返して、小さく口を開いた。

「……ただいま、拓也」

――シルク――!!

間違いない。

間違いようもない。

ここにいるのは――シルクだ。

信じられない。気が遠くなりそうだった。

「……シルク？　シルク、だよね？」

「ああ――そうだ」

シルクが微笑む。間違いない。この笑みは、この声は、この口調は、シルクだ。それも、僕の知っている、僕の大事な。

シルク！

「でも……どうしてここに？」

僕に問われて、シルクはくつくつと笑った。少し、頬を赤らめる。

「――心のままに従ったまでだ」

「そういえば、おまえ――……」

シルクさんが記憶をたどるように言った。

「呪文の最後で、わたしたちの故郷の名前は、言わなかったな」

「ああ。ただわたしが真にいるべき場所を願っただけだ」

「なあるほど、な」

シルクさんが少し、皮肉っぽく笑った。

「そういうところは、さすがにわたしの分身だな。そっくりだ。なあ、貴司」

「え……」

シルクさんが、貴司兄さんの肩に頭を持たせかける。

「――そうだな。そっくりだ」

兄さんはシルクさんの肩を抱きしめた。

「シルク……」

「そういうことだ」

シルクが僕を見上げる。

「これからまた、やっかいになるぞ」

シルクが笑って伸ばしてきた白い手を、僕は握りしめる。ぎゅっと。

「――うん」

もう二度と離さないと、誓いながら。


部屋に入るのももどかしく、僕らは抱き合った。唇を重ねながら、服を脱がせ合うように剥《は》いでいく。

「拓、也……」

キスの合間に、シルクが吐息混じりに僕の名前を呼ぶ。ベッドに全裸のシルクを横たえると、ミルク色の肌が上気してきているのがわかる。

「——帰ってきたんだね」

「ああ……」

シルクが腕を伸ばしてくる。僕も腕を伸ばし、抱きしめる。

「うれしいよ、シルク」

ただ僕はそう言った。なんで、だとか、どうして、だとか、そんな理由はどうでもよかった。ここにシルクがいる、というだけで。

「拓也」

シルクがくすり、と笑って僕の顔にふれた。

「本当に嬉《うれ》しそうだな」

「当たり前だよ。好きなひとが腕の中にいて、うれしくない人間なんていないよ」

「——それもそうか」

くすくすと笑い合う。

「わたしも嬉しいぞ。……拓也と一緒だ」

「うん」

キスの唇を愛撫《あいぶ》に変えてシルクの全身に押しつける。

「んっ……ぁ、拓也……」

胸に口づけると、シルクの指が僕の髪をまさぐってくる。髪を梳《す》く手が、やさしかった。

「ぁっ――……！」

ちゅ、と音を立てて吸った乳首が僕の唇に挟まれて尖《とが》っていく。シルクの全身が緊張したのがわかる。

「っ、ぁ、あ……」

首のライン、肩。鎖骨と、くびれた腰の線。腕、指。脇《わき》も。すっと伸びた膝から足指。

キスをしないところなんてなかった。触らないところも、なかった。

「あふ……ぁ、んっ――……拓也……」

僕の愛撫を受けると、シルクの指は、僕の身体をまさぐり、またシーツを掴んでは離した。どうしていいかわからないようにも見えた。

「きれいだね、シルク」

僕がしみじみと言うと、シルクはぷい、と唇を尖らせた。

「――そんなに真面目《まじめ》な顔で言うな。どんな顔をしていいか、わからなくなるではないか」

「本当のことしか言ってない」

「……馬鹿《ばか》」

いや、嘘《うそ》ではなく、実際にシルクはきれいだった。人形みたいに白い肌が興奮して上気し、薄いピンクに全身が彩られていくのを見ると、僕はひどくぞくぞくする。

大きな瞳《ひとみ》も。形のいい鼻も。唇も。

——本当に好きだと思う。もしかしたら、最初に僕のところに落ちてきた時にもう、シルクを好きだと思う気持ちのかけらは生まれていたのかもしれない。

今こうして、はっきりと刻みつけられた想いの、卵が。

「……ほしいよ、シルクが」

僕は言った。愛《いと》しさが欲望にすり替わり、僕の中心は灼《や》けるほどに熱くなっている。

「拓也——」

シルクの指が僕のモノにふれてくる。すっ、となぞられただけで、ぴくんと頭の部分が揺れた。

「だめだ。ほしいよ」

身体を裏返すようにして、シルクをベッドの上で四《よ》つん這《ば》いにさせる。

「えっ……」

シルクがとまどったように、背中越しに僕を見た。

「見せてよ、シルク」

なめらかなヒップを押し分けると、デルタがつうっと割れて、濡れた花びらが顔を出す。

「あ――……」

見ているそばから、愛液が滴って太ももを濡らした。たまらなくなって、そこに舌を伸ばす。

「やっ、あぁっ……！」

こぼれた蜜《みつ》を舐《な》め上げて、そのまま花びらをしゃぶると、シルクが細い声を上げた。

「だめだ……拓也、恥ずかしい……」

「恥ずかしくないよ。僕がしたいんだ。……食べさせてよ、シルクのこと」

肉色のひらひらをちゅっと吸う。

「んっ、あ――っ……！」

シルクがなまめかしい声であえぐ。

「た、拓也……」

「おいしい」

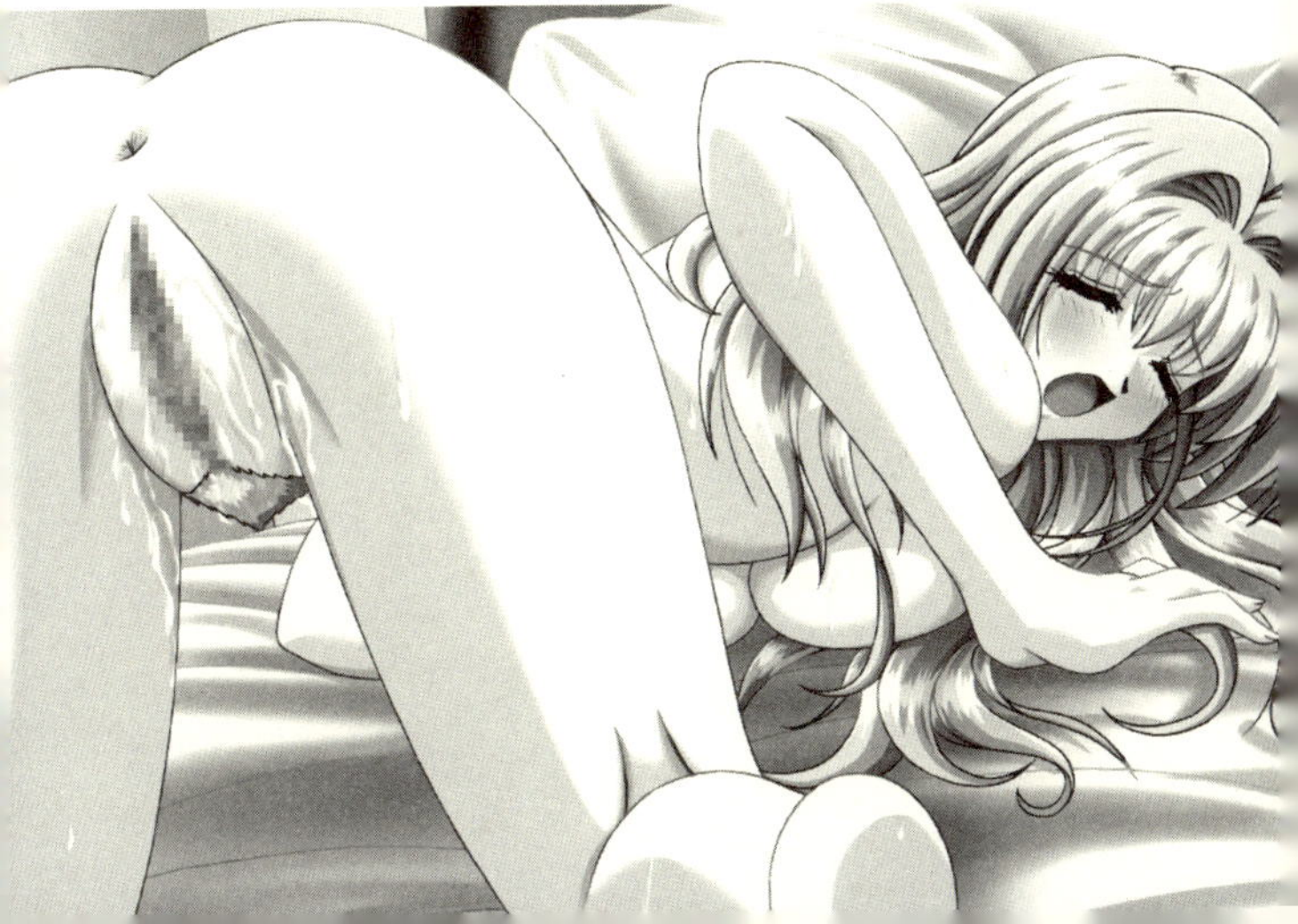

音を立ててすするたびに、シルクは身を震わせて恥ずかしそうにする。脚を閉じようとするのを遮るように、指を突き入れる。

「あぁっ――……んっ――」

「熱くなってる」

ぬるりと濃度のある蜜をかき回し、ゆっくりと内壁をなぞると、ひく、と小さくシルクの粘膜が震える。

「あんっ……ふ、ぁぁっ……」

さわっているだけではたまらなくなって、僕はシルクをシーツに押しつけるようにのしかかった。

金色のヘアをかき分け、僕は熱い肉棒をシルクの中心にあて、そのまま腰を進める。

「あぁっ……！」

潤いきったシルクの花びらが僕を受けとめ、開いて受け入れていく。ねっとりと絡みついてくるシルクの蜜壁の熱さに、僕は全身を震わせる。

「あっ、んっ……た、拓也ぁっ――……」

シルクが激しく身体をのけぞらせて、叫んだ。

「どう――なってるんだ、わたし、は……あっ、あ――拓也、が、入ってきた……だけで……あぁぁっ――……」

信じられない、という顔で首を振る。

でも、ほんとに――シルクの中はすごかった。ただつながっているだけで、ずん、と背中を駆け上がっていく快感がある。

「……こうするべきだったんだよ――僕らは」

僕はゆっくりと腰を使いながら、シルクにささやく。

「っ――あ、うぁ……んっ、あふ……」

シルクがとけそうな瞳で僕を見る。

「あ、ぁ……んっ、あ――だ、だめだ、拓也――……」

「だめじゃないよ」

「え――あっ、あ、もう、わたし、は――……」

太ももを持ち上げ、シルクの身体を二つに折るようにして、僕は何度となくシルクを突く。さらさらの柔毛の影で、めくれ返る花びらがいやらしくて、ひどくきれいだ。

「だめじゃなくて――いい、って言いなよ」

「拓也――……あ、あぁうっ――……」

シルクはせつなそうに熱い息を吐いた。

「んっ、あ――い、いい、……拓也、気持ち……いい――」

「僕もだよ、シルク」

僕の動きに合わせてシルクが動き出すと、中はどんどんうねりが高まっていく。僕を抱きしめてはひくつく、シルクの蜜壁。求められている、そして求めているのが身体でわかる。心が肉体に、波及していく。

「シルク――好きだよ……愛してる」

「拓也、あぁ、……好き――だ、わたしも……愛している、拓也……あぁっ、んっ――」

熱のこもった身体を抱え寄せ、僕は狂ったように抽挿《ちゅうそう》を続けた。

「あっ、いい――い、く……んっ――拓也、いく――……」

僕は頷く。ピストンに揺さぶられ、とろとろにとけていくシルクが愛おしい。

僕のものにしてしまいたいという痛いほどの欲求に突き上げられ、背をものすごい速さで射精感が駆けていく。

「拓也、い、く……いく、あ、――ん、あぁぁぁぁっ――……！」

その瞬間シルクは、今にも泣きそうに、くしゃくしゃに顔を歪め――でもそれがきれいだと、僕は思った。

そして訪れる、強烈なうねり。

「あっ、ひ、あぁぁぁっ――んっ、あ、あぁぁぁぁっ――！」

僕は絶頂に叫ぶシルクの中で、ひりつくほどの快感にもみくちゃにされて、思いきり吐精した。

「っ――う、ぁぁっ……――」

僕が樹液を注ぎ込むたびに、シルクの身体が跳ねる。

「あ、う……ふ、ぁぁ……」

最後の一滴までを受けとめて、シルクがぐったりとシーツに倒れ込む。

僕の下で、全身に透明な汗の玉を浮かせて、ぜいぜいと息をつくシルク。偉そうな口調も今はなく、僕の名を、ひたすら呼んで――。

「ん……」

湿った金の髪を撫《な》でてやると、シルクはそっと身体を震わせた。小さな猫の子のように。

甘えてるんだとわかって、また愛しくなる。

そう――きっと、僕を従者にしたのも、ある意味甘えだったんだろう。それも今なら、わかるような気がしていた。

愛おしさが、僕の胸に満ちて――。

「……おかえり、シルク」

僕は、まだ言っていなかった言葉を、ようやく口にした。

エピローグ

ことの最初は、おみやげだよって置いたケーキだったんだけど。

兄さんは、市場視察ということで、けっこうデパ地下とかにでかけたりする。人気の店のケーキを買って、その時の流行とか全体的な傾向とかをチェックするのも、自分でケーキ店をやってる兄さんには重要な仕事だ。

今日はちょっとお店を早く切り上げて、兄さんとシルクさんと僕とでデパ地下に行った。

それから兄さんたちふたりは映画を見に行くということで別れた。

僕は、シルクと食べる分を余分に買ったケーキを持って、ひとりで家に帰ってきたというわけだ。

そうしたら。

そのケーキを一口食べたシルクが、あんまりおいしくて感激したみたいで。

「……もしかして、小さくなれば、たくさん食べられるということだな」

そう言ってシルクは、ぽん、と、いつか見たような妖精に似た姿になった。

「おお、すごい！　ケーキがこんなに大きいぞ！」

机の上に幾つも乗っているケーキに、ミニシルクが全身でかぶりつく。

「まったく。こんなにあるんだから、別に普通のサイズのままで食べたって食べきれないよ？」

「そんなことはない。五個や六個、いつものわたしならあっという間だ！　でもこのサイズになればな、食べ応えはあるぞ」

言いながらシルクは、小さな手でケーキの端っこを掴《つか》んで取り、もぎゅもぎゅと口に頬《ほお》張《ば》っては呑《の》み込む。

「……うむ、うまい！」

満面の笑みを浮かべるシルク。

（――しょうがないなあ）

苦笑しながらも、僕はうれしかった。シルクが無邪気に幸せに、ケーキを食べるのを楽しんでいられるということが。

本当に、あの長い孤独から解放されたということで。

それも――僕のそばで。


あれからずっと、シルクもまた、兄さんの家でお世話になっている。

『同じ部屋でいいんなら、一人も二人も一緒だ』

そう言われて、なんだか恥ずかしかったけど、やっぱりそれもうれしい。

シルクは、忙しい時には兄さんの店を手伝い、そうでない時にはシルクひとり、もしくはシルクさんとふたりで魔法の研究を続けている。《転移》の魔法で好きな場所にいけるようにならないか、とか――そういうことが中心らしいが、詳しいことは僕にはわからない。

　でもともかく、シルクはずっと僕と一緒にいてくれる。

　時々思うんだけれど、シルクが僕のところに帰ってきてくれたのは、僕がシルクを失ったショックから立ち直って、ある意味で独り立ちできるようになったからかもしれない。

　誰《だれ》かに頼っていたり、自分のやるべきことを見つけられなかったりしているうちは、誰かを好きになってもうまくいかないのかな、なんて生意気なことを思ったりもした。

　それもこれも、シルクがここにいてくれるから、思えることなんだけど。


「あむっ！　むぎゅむぎゅ……うむ、このクリームは絶品だな、拓也！」

　相変わらず僕の目の前で、無防備な格好のまま、シルクはケーキに夢中だ。

（――……あ）

　と、僕は気づいた。

　確かに今――ものすごく、ものすごーく、シルクは無防備だ。上に、ちょっと長い布を巻き付けてはいるけど、基本的にめちゃくちゃミニのスカートだし。ケーキのお皿に膝立《ひざだ》ちになってるから、……大事な部分まで、丸見えだったりして。

（いたずら、しちゃおっかな）

　きょろきょろと辺りを見回す。

（——あ）

僕は、ちょうどいいものを発見した。

たぶんシルクさんが使ってるんだろう。円柱形の綿棒の入れ物から、僕は一本取り出して、指につまんだ。

そして。

「こっちはどうだ？　んー、シナモンだな？　すごく香りがいいぞ！　ほら、拓也も一緒に食べよ……あんっ……！」

むにっ。

綿棒のてっぺんで、そっとシルクの股間《こかん》を撫《な》で上げる。

「こ、こら！　拓也、そんなことしたらケーキが食べられなく——んっ、あんっ……」

むにゅむにゅ。

こちょこちょ。

「拓也、もう、だめじゃないか……あっ、やっ、……」

「あれ？」

僕はちょっと意地悪い口調で言う。

「この綿棒、先が濡れてきてるかな？」

「ば、ばか……そんなこと……んっ、あぁっ——……！」

今は小さくなってるからよく見えないけれど、柔らかなシルクの中心部をなぞるたびに、真ん中辺りが透けてきてるのがわかる。

僕は、指先でひょい、とひっかけて、シルクの下着を下ろした。

「あっ、拓也——待て、だめだってば……わたしは今ケーキを食べ……んっ、あ、——」

僕の爪先《つまさき》よりも小さな花びらが、でも確かに潤っている。

そうっと、指先でつついてみる。

「あ、拓也……あん、だ、め、だ……——」

シルクはケーキにすがりついて、腰を震わせる。こんな、三十センチにも満たない身体《からだ》に、リアルなアソコっていうのがまた——。

なんか不思議なシチュエーションに、僕はちょっとどきどきしてきた。

「——こら！」

と、シルクが突然翅《はね》を広げて飛び上がった。

「いいぞ、わたしにだって考えがある！」

そのまま、シルクは僕の膝元に飛びついてきた。

「わっ?!」

「えーい、これはどうだ！」

ちっちゃなシルクが、全身を使って僕のジーンズのジッパーを下げた。

「ほら見ろ、拓也だってこんなになってるじゃないか！」

そのまま、下着の合間から勃起《ぼっき》した僕のモノを引っ張り出す。

「わ……お、おい、シルクっ！」

いきなり反撃に出られて動揺する僕をいいことに、シルクは小さくなった身体全体でペニスに抱きついた。

「っ――し、シルク……」

「ん……たまには、こういうのも悪くないかもな、拓也？」

言いながら、シルクはサオにまたがるようにして、くびれの辺りにぺろぺろと舌を這《は》わせる。

「くちゅ……んっ……――」

舌を思いきり使われても、なんだか軽くなぞられているようで、でもそれが妙にぞくぞくする。

「あふっ……んっ、ぺちゃ……あ、んっ――！」

先走りを舐《な》め取ろうとすると、逆にシルクはそこに顔を突っ込むみたいな形になる。口の周りがべたべただ。

だけどそのシルクの行為が僕はうれしくて、それにめったに味わえない愛撫《あいぶ》の感覚に、僕のモノはどんどん硬くなっていく。

「んっ……どうだ、拓也……気持ちいいか——？」

「うん——すごく気持ちいいよ……」

「わたしもだ……あっ、んっ——……」

びくん、と肉棒が震えるたびに、シルクも感じるらしく、いっそう太ももでサオを締めつけ、腰を揺する。服がめくれ上がって、小さくなってもしっかりと盛り上がった乳房が当たる感覚も、たまらない。

「……だめだよ、シルク——出ちゃいそうだ……」

「いいじゃないか、……わたしもその方が、嬉《うれ》しいぞ——んっ……あ——」

シルクの花びらが肉茎にこすりつけられる感覚。おもちゃみたいなサイズの手が、大人のテクニックで動いて、しっかりと僕自身を撫で上げてくる。

「ん——」

すべすべした肌に抱きつかれて、それに小さなシルクはそれでもすごくきれいでいやらしくて、もう僕はあっという間に限界に達していた。

「シルク、出すよ——」

「いいぞ、拓也……あっ——……！」

僕の合図にシルクが、サオに腕と脚を絡めて懸命にこすり上げる。その愛撫にあおられるように、先端から樹液が大量に吐き出された。

「っ――あぁんっ……」

白く濁った液体が、シルクの服を汚し、全身をべとべとにする。ザーメンに体中を覆われて、シルクは少し苦しそうだったけど、僕の勢いはもう止められなかった。

「ふぅ……――」

薄い翅までも精液にまみれたシルクは、大きく息をついて僕を見上げる。汚れた顔で、にやりと笑った。

「――なかなか楽しかったぞ？」

「……シルク」

こう言われてしまってはかなわない。僕は苦笑して、シルクの全身についた液体を拭《ふ》き取ってやった。

――まあ、こんなハプニングもあるけれど、僕とシルクは楽しくやっている。

僕らだけでなく、僕らの周りの人たちも、時が流れてみんな少しずつ変わったのかも知れない。それも、みんな、いい方に。

バイトをしていると、特に僕はそう感じる。

今日もまた――。

「こんばんは」

落ち着いた色のスーツをまとって、かおりさんがケーキを買いに来る。

ショウウィンドウの前でちょっと悩んでから、僕に向かってくすっと笑った。

「――買って帰ろうかと思ったけど、やっぱり食べていくわ。拓也クンがいれてくれるお茶、おいしいんだもん」

「あ――じゃあ、ちょっと研究中のアレンジティ、味見してもらえませんか？　お代はいいですよ、サービスしますし」

「え？　そんなの悪いわよ」

かおりさんがかぶりを振る。

「……いいんです。確かかおりさん、パソコン使ってるって言いましたよね、会社で」

「あ――ええ」

ちょっとメガネのブリッジを持ち上げて、かおりさんが不思議そうな顔をする。

「そうすると目が疲れるでしょう？　きっとそれに効くと思いますよ。ブルーベリーとクランベリーを使ったフルーツティだから」

「……あら」

かおりさんは唇に指をあてた。

「――じゃあ、お願いしちゃおうかな」

「いいですよ。がんばって作ります」

「その分、おみやげにもケーキ買って帰るわ」

ふんわりと笑うかおりさんは、自分でもこの前言っていたけど、ＯＬ生活が性に合ってるみたいだ。

そして、また自動ドアが開いた。

「どうも、失礼します……おばあちゃま、ここですわ」

と、和服姿の久美さんが、老婦人を三人ほど連れて現れた。

「――いらっしゃいませ」

ぽかんとする僕に、久美さんがおっとりと笑いかける。

「このおばあちゃまたち、うちの常連さんなんですけどね。洋菓子も食べてみたいっておっしゃるから、サクラギさんならおいしいですよってお話をしたんです。お口に合いそうなお茶とケーキ、見つくろってくださいません？」

「あ……はい。じゃあ、みなさんこちらへ」

僕が案内した席に、久美さんはとてもやさしく、それでいて手際よくおばあちゃんたちを導いて座らせる。

「久美さんや、すまないねえ」

「いいえー」

なんとものどかなやり取りの中に、久美さんがあの和菓子屋さんでしっかりと働いていて、常連さんに信頼されているのがよくわかる。

「——ああ、拓也。お疲れ」

と、いつの間に来ていたんだろう。シルクさんが僕に声をかけてきた。

「あ、シルクさん。どうも」

ぺこりと松原さんが頭を下げた。

「店長のお迎えですか？」

「ああ」

「じゃあ、こちらで。今、お茶とケーキ用意します」

「すまないな、マツバラ」

「いいえ」

その声が聞こえたのか、奥から貴司兄さんが顔を出す。

「なんだ、シルク。来てたのか」

「ああ」

頷《うなず》くシルクさんの横で、松原さんが貴司兄さんに話しかける。

「店長。シルクさんのケーキ、これとこれでどうでしょう？」

「ああ……そうだな。うん」

これは、シルクさんに好き嫌いがあるわけじゃなくて、ケーキの総数から、その日の売り上げを見て、残りそうなものを松原さんがセレクトしているんだ。

「いつもありがとう、松原」

「いえ」

気のせいかもしれないけれど、松原さんもずいぶん、貴司兄さんのことがふっきれたように見える。今度、機会があるなら理由を聞いてみようとは思うけれど。

とまた、入り口が開いた。

「沙奈ちゃーん！」

「あら、あゆみ」

ふたつに結わえた髪を揺らして、制服姿のあゆみちゃんが飛び込んでくる。

「あ、拓也くんがいる！」

「え？」

「ねえねえ、拓也くん。ちょっといい？」

ちょいちょい、と手で呼ばれて、僕はあゆみちゃんの近くに寄った。

「……オトコノコって、どんなケーキが好きかな？　あんまり甘いモノ得意じゃなくても、食べられそうなの、ある？」

「――あゆみちゃん」

僕はきょとんとした。

「……もしかして」

「――へへへ♪」

本当はいない彼氏を、いるとごまかしていたあゆみちゃんだったけど。

どうやらこの分だと、うまく行きそうってことなのかな。

それなら僕も、すごくほっとするというか、単純に喜ばしいと思う。

そうやって誰もが、自分の場所で、自分のすべきことを見つけ始めているように、僕には思えるんだけど。


そして。


「……拓也！」

ドアが開いて、僕を呼ぶ、声がした。

「――シルク」

振り返ると、そこに。

僕のいちばん大事な――シルクが、立っていた。

「あいつの真似《まね》をしてな。……迎えに来たんだ」

「ほんと？　うれしいな。もうすぐあがりだから、待ってて」

「ああ」

いちばん奥まった席にシルクを座らせる。

二人がけの席の片方に座った、シルク。

そのもう片方の空いた椅子《いす》を見ながら、僕は思った。

（……——我を運べ——『我が真にいるべき場所』へ！　『我が本来の住み地』へ——……!!）

そう言って、この世界に戻ってきたシルク。

いや、それはきっと、僕のそばに戻ってくれたということで。

つまり——僕の隣が、僕のいる場所が、きみの居場所なのだと——僕はうぬぼれていいのかな？

いいんだよね？

そんなことを考えながら、僕はシルクの顔を見た。

すると。

（……いいのだ、拓也）

頭の中に、声が響いた。

（だからわたしは、帰ってきただろう？　拓也のところへ）

シルクの声が、直接頭の中に響いてくる。そういえば、《通意の術》に関しては、解いてもらっていなかったっけ。

（そうだね、シルク）

僕も心の声だけで返す。

（――好きだよ、シルク）

（わたしもだ）

ひっそりと声のない会話を交わして、笑い合う。

僕たちはきっと誰よりも――幸せだ。

あとがき

どうも、村上早紀です。

小説になった『とってもフェロモン』、楽しんでいただけましたでしょうか。

トラヴュランスさんとは『はるあきふゆにないじかん』から間はあきましたけど、二度目のおつき合いをさせていただきました。ありがとうございました〜♪

今回、原作のゲームでは実はもうひとり女の子が出てくるんです。

綱島えりかちゃんという、ポニーテールのキュートな子なんですが、残念ながら小説に出すことができなくて。まだプレイされてない方は、ぜひとも原作のゲームの方で、彼女に逢ってみてくださいね。

それに、シルク以外の4人の女の子とも、それぞれのストーリーが楽しめるし。

あたしは沙奈ちゃんが好きですねえ。彼女が噴水のふちに腰かけて見上げているビジュアルがあるんですけど、すっごいかわいい！　必見です。

さらに、……女の子だけじゃなくて主人公の拓也くんのかわいいこと〜♪

人物紹介や小説カットでご覧になった方、どうですか？　ね、かわいいでしょう？……って男の方に言ってもアレでしたか？（笑）

さて、もうゲームをプレイされた方、それと小説を読まれた方はわかってると思いますが、この『とってもフェロモン』には地・水・火・風という四元素が出てきます。ゲーム中では魔力なんですが、あたしにはこの要素、星占いとしてすごく近しいもので。鏡リュウジさんがよくお話してる、惑星のエレメントによる占星術、ってやつです。以前ちょっとだけ、占い関係のお仕事もしてたくらいあたしは占い好きで。まあ、わりと女の子って好きですよね。

それによると、あたしは太陽星座は牡牛座で地、それにけっこう惑星が水と地に集まってます。ものすごーーーーくおおざっぱに言うと、感情的で感覚的。……オンナそのものって感じですねえ(笑)。

これ、ホロスコープとか作らないといけないところもありますが、そうやって自分の中を覗いてみるのもまたなかなかかと思いますー。

インターネットで、ホロスコープを作れるサイトもあることですし、ちょっと試してみてはいかがかなと。

けっこう占いって、あんまよくないコト書いてあると気になっちゃったりするんですが、まあ、そういうのはそういう傾向があるよという警告ということで！　割り切るのがいちばん楽かもですね。……とか言ってあたしも気にする方なんですけど(笑)。

あたしの個人的近況としては、相変わらずクラシックミーハーを続けていて、某おとこまえな、関西では深夜にテレビにも出ちゃったりした指揮者のおっかけ状態です～。九州行っちゃったもんなあ。……この原稿パソコンに入れてホテルとか空港でやってましたけども(笑)。

また関西とか、あとは真冬の北海道とか……行くんだろうなあ、きっと。ああいう一回こっきりのヤツって、一期一会だしっ！　とか思って出かけちゃうんですよねえ。まったく。

まあこれも愛ということであきらめてしまえ～っと！　オトナになってから遊び始めるとコレだから困りますね(笑)。

というわけで、今回もたくさんのみなさまに感謝を。特に前薗はるかセンセ……いつもお世話になりすぎで。この場を借りてこっそりお礼を言っておこう♪

では、またお会いできることを祈りつつ。

村上　早紀　拝

とってもフェロモン

2001年12月10日 初版第1刷発行

著　者　村上 早紀
原　作　トラヴュランス
原　画　志水 直隆

発行人　久保田 裕
発行所　株式会社パラダイム
〒166-0011 東京都杉並区梅里2-40-19
ワールドビル202
TEL03-5306-6921 FAX03-5306-6923

装　丁　林 雅之
印　刷　図書印刷株式会社

乱丁・落丁はお取り替えいたします。
定価はカバーに表示してあります。

Printed in Japan 2001

既刊ラインナップ

定価 各860円+税

1 悪夢～青い果実の散花～
2 脅迫
3 痕～きずあと～
4 慾～むさぼり～
5 黒の断章
6 淫従の堕天使
7 Esの方程式
8 歪み
9 悪夢 第二章
10 瑠璃色の雪
11 官能教習
12 復讐
13 淫Days
14 お兄ちゃんへ
15 緊縛の館
16 密猟区
17 淫内感染
18 月光獣
19 告白
20 Xchange
21 虜2
22 飼
23 迷子の気持ち
24 ナチュラル～身も心も～
25 放課後はフィアンセ
26 骸～メスを狙う顎～
27 朧月都市
28 Shift!
29 いまじねぃしょんLOVE
30 ナチュラル～アナザーストーリー～
31 キミにSteady
32 ディヴァイデッド
33 紅い瞳のセラフ

34 MIND
35 錬金術の娘
36 凌辱～好きですか?～
37 My dearアレながおじさん
38 狂＊師～ねらわれた制服～
39 UP!
40 魔薬
41 臨界点
42 絶望～青い果実の散花～
43 美しき獲物たちの学園 明日菜編
44 淫内感染～真夜中のナースコール～
45 MyGirl
46 面会謝絶
47 偽善
48 美しき獲物たちの学園 由利香編
49 せ・ん・せ・い
50 sonnet～心かさねて～
51 リトルMyメイド
52 flowers～ココロノハナ～
53 サナトリウム
54 はるあきふゆにないじかん
55 プレシャスLOVE
56 ときめきCheck in!
57 散櫻～禁断の血族～
58 Kanon～雪の少女～
59 セデュース～誘惑～
60 RISE
61 虚像庭園～少女の散る場所～
62 終末の過ごし方
63 略奪～緊縛の館 完結編～
64 Touch me～恋のおくすり～
65 淫内感染2
66 加奈～いもうと～

67 PILE・DRIVER
68 Lipstick Adv.EX
69 Fresh!
70 脅迫～終わらない明日～
71 うつせみ
72 Xchange2
73 M.E.M.～汚された純潔～
74 Fu・shi・da・ra
75 絶望～第二章～
76 Kanon～笑顔の向こう側に～
77 ツグナヒ
78 ねがい
79 アルバムの中の微笑み
80 ハーレムレーサー
81 絶望～第三章～
82 淫内感染2～鳴り止まぬナースコール～
83 螺旋回廊
84 Kanon～少女の檻～
85 夜勤病棟
86 使用済～CONDOM～
87 真・瑠璃色の雪～ふりむけば隣に～
88 Treating 2U
89 尽くしてあげちゃう
90 Kanon～the fox and the grapes～
91 もう好きにしてください
92 同心～三姉妹のエチュード～
93 あめいろの季節
94 Kanon～日溜まりの街～
95 贖罪の教室
96 ナチュラル2 DUO 兄さまのそばに
97 帝都のユリ
98 Aries
99 LoveMate～恋のリハーサル～

最新情報はホームページで！　http://www.parabook.co.jp

100 恋ごころ
原作：RAM
著：島津出水

101 プリンセスメモリー
原作：カクテル・ソフト
著：島津出水

102 ぺろぺろCandy2 Lovely Angels
原作：ミンク
著：雑賀匡

103 夜勤病棟 ～堕天使たちの集中治療～
原作：ミンク
著：高橋恒星

104 尽くしてあげちゃう2
原作：トラヴュランス
著：内藤みか

105 悪戯Ⅲ
原作：インターハート
著：平手すなお

106 使用中～W.C.～
原作：ギルティ
著：萬屋MACH

108 ナチュラル2 DUO お兄ちゃんとの絆
原作：フェアリーテール
著：清水マリコ

109 特別授業
原作：BISHOP
著：深町薫

110 Bible Black
原作：アクティブ
著：雑賀匡

111 星空ぷらねっと
原作：ディーオー
著：島津出水

112 銀色
原作：ねこねこソフト
著：高橋恒星

113 奴隷市場
原作：ruf
著：菅沼恭司

114 淫内感染 ～午前3時の手術室～
原作：ジックス
著：平手すなお

115 懲らしめ 狂育的指導
原作：ブルーゲイル
著：雑賀匡

116 傀儡の教室
原作：ruf
著：英いつき

117 インファンタリア
原作：サーカス
著：村上早紀

118 夜勤病棟 ～特別盤 裏カルテ閲覧～
原作：ミンク
著：高橋恒星

119 姉妹妻
原作：13cm
著：雑賀匡

120 ナチュラルZero＋
原作：フェアリーテール
著：清水マリコ

121 看護しちゃうぞ
原作：トラヴュランス
著：雑賀匡

122 みずいろ
原作：ねこねこソフト
著：高橋恒星

123 椿色のプリジオーネ
原作：ミンク
著：前園はるか

124 恋愛CHU！彼女の秘密はオトコのコ？
原作：SAGA PLANETS
著：TAMAMI

125 エッチなバニーさんは嫌い？
原作：ジックス
著：竹内けん

126 もみじ「ワタシ…人形じゃありません…」
原作：ルネ
著：雑賀匡

127 注射器2
原作：アーヴォリオ
著：島津出水

128 恋愛CHU！ヒミツの恋愛しませんか？
原作：SAGA PLANETS
著：TAMAMI

129 悪戯王
原作：インターハート
著：平手すなお

130 水夏～SUIKA～
原作：サーカス
著：雑賀匡

131 ランジェリーズ
原作：ミンク
著：三田村半月

132 贖罪の教室BADEND
原作：ruf
著：結字糸

134 -スガタ-
原作：May-Be SOFT
著：布施はるか

138 とってもフェロモン
原作：トラヴュランス
著：村上早紀

好評発売中！

-トラヴュランス 原作の作品-

121.看護しちゃうぞ

雑賀匡 著　志水直隆 原画

聖ミカエル総合病院に勤める医師の忍は、付属の看護学校へ赴任することに。女の園である学内では、みんな忍に興味津々。彼のフリー宣言に、女生徒は色めきたつ。

104.尽くしてあげちゃう2

内藤みか 著
志水直隆 原画

一人暮らしの大輔は、ひょんなことから女の子と同棲することに。一日中、H度満点の生活が始まった！

89.尽くしてあげちゃう

内藤みか 著
志水直隆 原画

女の子をかばって入院したことから急にモテ始めた辰也。辰也をめぐる女同士のHな争いが勃発し…。

54.はるあきふゆにないじかん

村上早紀 著
桃花源 原画

事故にあって以来、眠るたびに記憶があいまいなタケシ。なぜか大切な恋人を失うような気がして…。

〈パラダイムノベルス新刊予定〉

☆話題の作品がぞくぞく登場！

107. せ・ん・せ・い2

ディーオー　原作
安菜真壱　著

　秀一は現国教師の久美子に恋心を抱いていた。だが、彼女に結婚の話が持ち上がったとき、秀一の中で久美子を独りじめしたいという欲望がわき起こった。教師と生徒という一線を越え、久美子を隷属するが…。

136. 学園 ～恥辱の図式～

BISHOP　原作
三田村半月　著

　自分の通う学園の理事長でもある父から、後継者として人の上に立つ資質を問われた雅樹は、その方法として学園の少女たちを隷属させることを思いつく。そして凌辱劇の幕があがる！

139.SPOT LIGHT《スポットライト》

ブルーゲイル　原作
日輪哲也　著

　芸能プロダクションを経営する父の再婚で、売り出し中アイドル・沙緒里の兄となった雅紀。自分を慕ってくれる沙緒里に雅紀も心ひかれてゆくが、華やかな芸能界の仮面の下で、渦巻く策謀に巻き込まれて…。

137.蒐集者 ～コレクター～

ミンク　原作
雑賀匡　著

　北田は一流商社に勤めるサラリーマン。美しいものをこよなく愛し収集することを、至上の喜びとしていた。そんな彼の目にとまったのは、目映いばかりの3人の美少女たちであった！

パラダイム・ホームページのお知らせ

http://www.parabook.co.jp

■新刊情報■
■既刊リスト■
■通信販売■

パラダイムノベルス
の最新情報を掲載
しています。
ぜひ一度遊びに来て
ください！

既刊コーナーでは
今までに発売された、
100冊以上のシリーズ
全作品を紹介しています。

通信販売では
全国どこにでも送料無料で
お届けいたします。

お問い合わせアドレス：info@parabook.co.jp